pro-pro-pronipote ha deciso di donare la villa al comune, – disse Goffredo, acido. – Tanto a lui che importa? Vive dall'altra parte del mondo!

– A ogni modo, signore, – gracchiò Losco, – questa novità potrebbe giovare anche a noi. Un po' di vita in questa casa vuota non guasterebbe. Potremmo anche divertirci a spaventare un po' i visitatori. E poi...

Goffredo sollevò un sopracciglio. – E poi... cosa?

– E poi ci saranno libri ovunque, nuovi libri da leggere.

– Hai qualcosa da ridire sulla mia collezione? – protestò Goffredo.

– No, no, mio signore –. Losco agitò le mani giallognole. – È solo che li avremo letti centinaia di volte!

– Mmm, – fece pensieroso Goffredo. Poi tornò a fissare davanti a sé e Losco capí che la conversazione era conclusa. E cosí, con un fruscio e un sibilo, se ne tornò nella cappa del camino.

Einaudi Ragazzi

Storie e rime

471

Collana diretta da Orietta Fatucci

ISBN 978-88-6656-009-8

www.edizioniel.com

Francesca Ruggiu Traversi

Tommy Scuro e il manoscritto scomparso

Illustrazioni di Matteo Piana

Einaudi Ragazzi

A papà
e alle nostre letture del mistero

Tommy Scuro
e il manoscritto scomparso

I
Goffredo Tremolante

Lo spettro del vecchio Goffredo Tremolante vagava per le stanze della villa dove aveva abitato da vivo. Passò attraverso muri dalla tappezzeria scolorita, fluttuò per i corridoi bui e infine si fermò in una stanza stipata di libri.

Qui il fantasma prese forma solida e sedette su una poltrona dall'alto schienale.

Il suo aspetto era quello di un uomo imponente: aveva grandi mani, grandi piedi chiusi in babbucce di velluto e un enorme faccione paffuto.

– La mia villa d'epoca trasformata in una moderna biblioteca, aaah! – borbottò tra sé, con gli occhi fissi sul camino spento. E in quell'istante, proprio dal camino, uscí una forma trasparente che si materializzò davanti alla poltrona. Era un omino rinsecchito, dal volto lungo e giallognolo e acquosi occhi sbiaditi.

– Losco! – disse Goffredo. – Di nuovo nella cappa del camino? Non capisco come possa piacerti.

– È un luogo tranquillo per riposare, mio signore, – gracchiò l'omino.

Goffredo storse la bocca. – Bah! Non capisco che ci trovi là dentro. E quanto a riposare, hai tutta la casa a disposizione... Anche se per poco tempo ancora, – aggiunse dopo una pausa.

– Mio signore, allora è proprio vero? La villa subirà delle trasformazioni?

Goffredo gli lanciò un'occhiataccia. – Sei diventato sordo, per caso? Non hai sentito quei due tizi che l'hanno visitata?

Losco si strofinò il mento appuntito. – Certo, ricordo. Hanno pronunciato la parola «biblioteca».

– Già! Quel buono a nulla del mio

II

Vampiro!

– Oh, mamma, è bellissimo. Proprio come lo volevo! – esclamò Tommy, sgranando gli occhi azzurri.

Appeso all'armadio della sua cameretta c'era uno sfavillante costume da carnevale: pantaloni e camicia neri, e un lungo mantello nero foderato di rosso. La stoffa era liscia e lucida.

– Lo provo subito!

– Aspetta, – disse la mamma, mettendogli in mano qualcosa. – Non puoi essere un vero vampiro senza questi.

Tommy guardò la fila di denti di plastica alle cui estremità c'erano due lunghi canini. Soffocò una risata, pensando ai canini appuntiti di zio Livido: lui di certo non aveva bisogno di denti finti, anche se purtroppo non era un vampiro. Però era uno scrittore di storie di fantasmi e viveva a Villa Brivido, una casa fantastica!

E non era finita qui: zio Livido abitava con due veri spettri, Amelia e Oreste, i suoi domestici. Solo che non lo sapeva, e nemmeno credeva all'esistenza dei fantasmi... Tommy e la sua amica Pippina, invece, li avevano smascherati e ora condividevano un segreto: i fantasmi esistevano!

– Tommy, – lo chiamò la mamma, strappandolo ai suoi pensieri. – Non ti piacciono quei denti finti? Non sei obbligato a metterli, se non ti va.

– Oh, no, – rispose il ragazzo. – Sono forti, fortissimi –. Sorrise. – Stavo solo pensando che cosí, con i denti e il costume, assomiglierò a zio Livido!

La mamma rise. – Hai proprio ragione. Zio Livido è un tipo un po' strano, ma molti scrittori lo sono e ognuno ha i suoi metodi per cercare l'ispirazione.

– Eh sí, – concordò Tommy. – Ma

lui è il piú forte di tutti. Chi altri veste come un vampiro e in casa usa solo la luce delle candele?

– Probabilmente nessuno, – replicò la mamma. – Sono contenta che tu voglia bene allo zio. È sempre solo in quella grande casa, a parte i domestici. È bello da parte tua fargli un po' di compagnia ogni tanto.

In quel momento, entrò nella stanza il papà di Tommy. – Allora, come va il costume da vampiro? – chiese.

– È bellissimo! – esclamò Tommy.

Suo padre lo prese dall'armadio e lo porse al figlio. – Forza, vediamo come ti sta.

Con il cuore in gola per l'emozione, Tommy lo prese e cominciò a vestirsi. Una volta allacciato il mantello, si infilò in bocca i denti di plastica. – Come fto? Fembro un vampiro?

I suoi genitori lo guardarono con orgoglio.

– Lo sembri eccome! – La mamma lo spinse verso lo specchio.

– Stai benissimo, – commentò il papà, mentre il ragazzo fissava la sua immagine riflessa. Cercò di immaginare l'espressione di Pippina: non vedeva l'ora che la sua amica lo vedesse mascherato cosí!

Aveva una settimana intera di vacanza, e naturalmente aveva deciso di trascorrerla a Villa Brivido. E poi, nel paese dove abitava lo zio Livido si stava per inaugurare la nuova biblioteca, e i bambini erano stati invitati a partecipare a

una festa in maschera organizzata per l'occasione. Tommy era elettrizzato.

Come se gli avesse letto nel pensiero, la mamma disse: – Sarai un vampiro perfetto all'inaugurazione della biblioteca. Ti guarderanno tutti!

– A lui importa che lo guardi la sua amica Pippi. Non è vero, Tommy? – disse il papà strizzandogli l'occhio.

Il ragazzo, rosso come un gambero, si tolse i denti finti. – Volete smetterla di prendermi in giro? – Afferrò un pacchetto di caramelle gommose alla frutta e se ne mise in bocca una bella manciata. In quel modo riusciva sempre a rilassarsi.

La mamma prese il pacchetto e si diresse verso la porta. – Questo lo sequestro io, se no le finisci tutte. E poi lavati i denti!

– Uffa... – protestò Tommy.

Il padre seguí la moglie ma, giunto sulla soglia, si voltò. – E attento a non mordere la tua amica sul collo... – sussurrò con aria complice.

Una volta rimasto solo, Tommy si buttò sul letto, con il vestito da vampiro ancora addosso. Si addormentò e sognò Pippina mascherata da fata, con un vaporoso abito azzurro. Poi si svegliò di soprassalto, esclamando a voce alta: – Pippina non può vestirsi da fata! Lei no!

Improvvisamente agitato, afferrò il cellulare e chiamò l'amica. – Non dirmi che ti vestirai da fata, ti prego! Non sarebbe da te, e poi sai che io sarò vestito da vampiro, perciò non staremmo bene vicini! – disse d'un fiato, senza darle nemmeno il tempo di dire «pronto».

Pippina scoppiò a ridere. – Tommy, stai tranquillo.

– Allora dimmi, da cosa hai deciso di mascherarti?

– Ti ho già detto che è una sorpresa. Devi fidarti di me, okay?

– Okay...

E Tommy decise di fidarsi.

III
Una visita per Livido

Il signor Livido Scuro era rintanato in soffitta. Le fiammelle delle candele tremolavano appena, proiettando ombre spettrali sulle pareti. Avvolto in un lungo mantello, chino sullo scrittoio in fondo alla stanza, Livido scriveva facendo scricchiolare il pennino sulla pergamena.

Il tavolo era ingombro di libri, matite e blocchi per appunti, oltre a un certo numero di mozziconi di candela incrostati di cera.

D'un tratto, tre colpi alla porta spezzarono il silenzio, rimbombando nella soffitta semibuia. Amelia entrò senza aspettare risposta. Ormai conosceva bene Livido e sapeva che, quando si trovava quasi al termine di una storia, non si accorgeva di nulla.

Con un vassoio argentato in mano, la domestica di Villa Brivido si avvicinò al tavolo a piccoli passi. – Signor Scuro, il vostro tè e le tartine con burro e pasta d'acciughe.

Livido continuò a scrivere senza nemmeno alzare la testa.

Amelia depose il vassoio nell'unico punto libero del tavolo e tuffò due zollette di zucchero nella tazza. Poi incrociò le braccia, con un sorriso che le piegava all'insú gli angoli della bocca. Sapeva che la pasta d'acciughe avrebbe ben presto sortito il suo effetto.

Attese paziente. Dopo un istante, Livido sollevò lo sguardo dalla pergamena. I suoi occhi grigi luccicarono. – Mmm, che profumino invitante, – disse allungando una sottile mano bianca verso il piatto. I suoi canini appuntiti affondarono in una morbida tartina, e masticando con aria deliziata lo scrittore girò il cucchiaino nella tazza.

– Ehm, signor Scuro, – cominciò allora Amelia, – di sotto c'è una persona che chiede di voi. Ho fatto presente che eravate impegnato a scrivere, ma ha detto che era disposta ad aspettare per ore, e cosí...

Livido bevve un sorso di tè. – Di chi si tratta? Nessuno viene mai a trovarmi alla villa, a parte Tommy e la sua amica Pippi Lira.

– Anche io sono rimasta sorpresa, – continuò la domestica. – Ha detto di essere la bibliotecaria. Come sapete, hanno ristrutturato la vecchia dimora dei Tremolante ricavandone una biblioteca per il paese. Ci sarà l'inaugurazione la prossima settimana e voi sarete l'ospite d'onore, ricordate?

– Certo che ricordo, – rispose Livido. – Come potrei dimenticare un evento simile? È la prima volta che ricevo un invito in paese.

– Be', come vi dicevo, la bibliotecaria vi attende. L'ho fatta accomodare nel salottino con il caminetto e Oreste le sta offrendo una tazza di tè, nell'attesa.

Livido si alzò, lisciandosi i capelli grigi impomatati. – Se ha insistito tanto, andrò a sentire di cosa si tratta –. Prese una candela e si avviò verso la scala.

Amelia lo seguí. – Signor Scuro, sta per arrivare il piccolo Tommy. Non siete contento?

– Ah, il caro nipote...

– Sapete che ha deciso di mascherarsi da vampiro all'inaugurazione della biblioteca?

– Ottima scelta! – approvò Livido, scendendo i gradini scricchiolanti.

La signorina Lunilla De Gobbis sorseggiava il suo tè, guardandosi attorno incredula. Il fuoco nel caminetto rischiarava la stanza buia, ma l'atmosfera era comunque lugubre, con le pesanti tende scure tirate sulle finestre e i quadri cupi dalle cornici antiquate.

Quando la porta del salottino si aprí cigolando, Lunilla si alzò di scatto dal divano. Livido entrò e si trovò di fronte una donna di mezza età, con corti capelli biondi, un maglione di lana fatto a mano e stivaletti di pelliccia ai piedi.

– È sintetico.

– Come, prego? – domandò Livido, posando la candela sulla mensola del camino.

– Il pelo dei miei stivali, – precisò la donna. – Ho notato che li guardava. Magari lei è un animalista e... Oh, non badi a quello che dico –. Gli tese una mano. – Sono Lunilla De Gobbis, e mi occuperò della biblioteca. Sono onoratissima di conoscerla, signor Scuro. Ho letto tutti i suoi libri e li trovo stupefacenti! Meravigliosamente paurosi!

Livido le strinse la mano. – Grazie, signorina De Gobbis.

– Mi scusi se le sono piombata in casa cosí all'improvviso, ma sono appena arrivata in paese e desideravo che lei autografasse un po' dei suoi libri per la biblioteca. Certo, avrebbe potuto farlo il giorno dell'inaugurazione, ma le confesso che ero curiosissima di vedere la sua villa. Avevo letto sui giornali che era particolare, ma non potevo certo immaginare che fosse cosí... spaventosa! – Si portò una mano alla bocca. – Oh, mi perdoni!

Livido la fissava con le spesse sopracciglia arcuate.

– L'ho offesa, non è vero? Parlo sempre troppo, è il mio peggior difetto.

Le sopracciglia di Livido si distesero. – Non vedo dove sia il problema, – disse. – Mi ha appena fatto un complimento. Allora, questi libri? Sa, vorrei tornare a scrivere, su in soffitta.

– Già, perché lei scrive chiuso in soffitta! Chissà che atmosfera, là dentro! – La donna si voltò e aprí uno zaino. Poi depositò su un tavolino una pila di libri e allungò una penna a Livido.

– Ho portato *Invito a pranzo con fantasma*, *I piccoli spettri delle piramidi* e *Il mistero del fantasma scomparso*. Ah, e poi ci sono anche *Uno spettro a cola-*

zione e *Inquietanti presenze a Villa Sottospirito.*

Livido ridacchiò sotto i baffi che non aveva e prese la penna. – I miei romanzi migliori: un'ottima scelta, direi.

E mentre Lunilla continuava a guardarsi intorno estasiata, Livido autografò un libro dopo l'altro. Poi tese la mano verso la bibliotecaria per salutarla, ma lei non parve notarlo e riattaccò a parlare. – Oh, signor Scuro, grazie, grazie infinite. Potrebbe autografare anche la mia copia personale di *Ritratto di gruppo con fantasma*? Non sarà un best seller come gli altri, ma è un romanzo che ho amato molto.

A quelle parole, Livido dimenticò la fretta di tornare in soffitta: i suoi occhi si addolcirono. – Signorina De Gobbis, lei è una vera intenditrice e mi lusinga. Anche io sono molto affezionato a quella storia.

– Bene, ne sono felice –. Lunilla estrasse dallo zaino il libro in questione e lo porse a Livido, che scrisse la dedica sulla prima pagina. – Signor Scuro, solo un'ultima cosa. Che ne pensa della vecchia villa dei Tremolante? Certo, ora ne è venuta fuori una bellissima biblioteca e tutti i testi antichi sono stati portati via, in parte donati a un museo e in parte inviati a una biblioteca specializzata. In paese mi hanno raccontato che la collezione era appartenuta al vecchio Goffredo, un uomo burbero e scostante, che amava condurre una vita ritirata, in mezzo ai suoi libri antichi. Lei pensa che potrebbe aggirarsi il suo fantasma nella villa?

Livido piantò gli occhi grigi in quelli verdi e sgranati di Lunilla. – Signorina, non vorrà dirmi che lei crede ai fantasmi come mio nipote Tommy?

– Suo nipote crede ai fantasmi?

– Sí, ma è un ragazzino di poco piú di dieci anni.

– Oh –. Lunilla tacque, pensierosa.

– So a cosa sta pensando, – proseguí Livido, indicando la stanza con la mano. – Lei pensa che questa sia una casa tetra e che sembri infestata dai fantasmi. Ma è tutta suggestione, glielo garantisco.

– Quindi lei lo esclude.

– Che cosa?

– Che sia abitata dai fantasmi.

– Certo! – esclamò Livido, divertito. – Le devo ripetere quello che ho già spiegato a mio nipote: le storie di fantasmi che scrivo sono solo frutto della mia immaginazione –. Si picchiettò un lungo dito bianco sulla tempia. – Signorina, io e lei siamo adulti, e abbiamo smesso da tempo di credere in certe cose. Non è vero?

Ci fu una pausa.

– Sí, è vero, – mormorò lei. – Può chiamarmi Lunilla, se le va.

– E lei Livido.

– Oh, grazie, signor Scuro, cioè Livido. Ora tolgo il disturbo.

– Ci vediamo all'inaugurazione. E non pensi al vecchio Goffredo Tremolante: riposa in pace da molti, molti anni. Se vuole può anche visitare la cappella di famiglia, nel piccolo cimitero che si trova appena dietro la casa.

Livido sorrise, e alla vista dei suoi canini Lunilla sussultò. All'improvviso le era venuto freddo. Recuperò lo zaino con i libri e lasciò Villa Brivido.

In cucina, Amelia e Oreste stavano preparando la cena. La domestica alzò lo sguardo dalla pentola sul fuoco e si rivolse al marito, impegnato a pelare le patate.

– Oreste, per la verità sono un po' preoccupata. Secondo te come reagirà a tutto questo il vecchio Goffredo?

Oreste la guardò con espressione accigliata. – Non lo so, Amelia. Proprio non lo so.

IV
Una sorpresa per Tommy

Alla luce spettrale delle candele, davanti a un antico specchio incrinato, Amelia appuntava le ultime forcine alla sua crocchia di capelli grigi.

In quell'istante, si udí il rumore di un'auto e la domestica si affrettò verso la porta.

Oreste sbucò dalla cucina. – Giusto in tempo per il tè, – disse. – E per i tuoi biscotti al cioccolato.

Amelia aprí il portone d'ingresso e scese la scalinata. – Eccoti qui, Tommy, che bello vederti! – esclamò, mentre il ragazzo, appena sceso dall'auto, sbadigliava e si stiracchiava. – Fatti abbracciare –. Amelia gli scoccò due gelidi baci sulle guance.

Tommy le sorrise, con un brivido. – Ciao, Amelia. Pippina è già arrivata?

– Quanta fretta! – disse lei, dandogli un buffetto sotto il mento. – Non vedi l'ora di incontrarla, eh, piccolo Scuro?

Il viso di Tommy prese un bel colore rosso aragosta e il ragazzo si guardò la punta delle scarpe.

– A ogni modo, anche lei non vede l'ora di incontrarti, – continuò Amelia allegra. – Oreste ha appena messo su il tè, e ci sono i miei biscotti al cioccolato.

– Forte, fortissimo! – esclamò Tommy.

– Tesoro, che modo di esprimerti, – intervenne la mamma.

– Non si preoccupi, – la tranquillizzò la domestica. – Mi piace il modo di parlare dei giovani, mi mette di buon umore. Oh, guardate, sta arrivando Pippina.

Un'auto grigia stava percorrendo il viale. Tommy sentí il cuore fargli una capriola nel petto e poi accelerare di colpo. Non vedeva l'amica da Capodanno, quando avevano vissuto insieme un'altra incredibile avventura. Erano passati solo due mesi da allora, eppure a Tommy pareva un'eternità.

Quando suo padre gli mise una mano sulla spalla, il ragazzo sobbalzò. – Dài, che aspetti? Vai a salutarla.

Pippina stava scendendo dalla macchina: da sotto il piumino blu spuntavano le gambe magre fasciate da un paio di jeans e stivali sotto al ginocchio.

Tommy le si avvicinò con aria stupita. – Ma come ti sei vestita? Non mi dire che è questo il tuo costume di carnevale! E da cosa saresti mascherata?

– Che spiritoso... – disse la ragazza facendogli una linguaccia. – Mai sentito parlare di moda?

Tommy fece una smorfia, poi sgranò gli occhi sollevando le sopracciglia. – Che cosa? Tu non hai mai seguito la moda! Non mi dire che ora ti interessano queste cose da ragazze!

Pippina gli rivolse un grande sorriso. – Be', forse non te ne sei accorto, ma io *sono* una ragazza!

Tommy rimase impietrito a guardarla, mentre lei tirava fuori un borsone dal baule dell'auto e andava ad abbracciare sua madre.

Dopo i saluti e le raccomandazioni dei genitori, i due ragazzi si diressero verso la scalinata. Amelia stava invitando i signori Scuro e la mamma di Pippina a fermarsi per il tè, ma tutti e tre risposero che avevano molto da fare.

Il ragazzo udí appena le voci, concentrato com'era a trascinare su per le scale zainetto e valigia. E poi era preoccupato per le parole dell'amica. Aveva sentito bene? Pippina aveva parlato di moda? Possibile che fosse cosí cambiata in soli due mesi?

Mentre si arrovellava con quei pensieri inquietanti, la porta di Villa Brivido si aprí e Oreste si precipitò a prendere i bagagli dei ragazzi. – Eccovi qui tutti e due, bene arrivati! Ma lasciate a me le valigie ed entrate, il tè è pronto.

– Ciao, Oreste, – disse Pippina. – Come vanno le rose?

Il giardiniere si illuminò. – Vedrete quest'estate, saranno una meraviglia! – Poi spostò lo sguardo su Tommy. – E tu? Come mai quella faccia lunga? In cucina vi aspettano i biscotti al cioccolato di Amelia, non senti il profumo?

– Sí, grazie. Ciao, Oreste, – disse Tommy, varcando la soglia dietro l'amica.

Una volta dentro, il domestico chiuse la porta alle sue spalle lasciando fuori la luce del giorno.

Nell'atrio, le candele proiettavano ombre danzanti sui vecchi muri di Villa Brivido e i pesanti tendaggi scuri erano tirati sulle finestre.

– Zio Livido sta scrivendo, vero? – chiese Tommy.

– Sí, il signor Scuro è in soffitta, lo vedrete a cena, – rispose Oreste. – È molto impegnato in questo periodo, perché è nella fase finale della storia.

– Già –. Tommy guardò l'amica, che si stava togliendo il piumino. Anche lui si liberò di sciarpa e giubbotto, poi andò con lei in cucina. Nel camino d'angolo i ciocchi di legno scoppiettavano sotto il fuoco e la tavola era apparecchiata per il tè.

I due ragazzi si sedettero vicini. Tommy, pensieroso, scrutava Pippina senza dire una parola. La ragazza aveva stampato in faccia un sorrisetto misterioso, che lui non riusciva a decifrare. Si sentiva abbattuto e deluso: non riconosceva piú la sua amica. Che cosa le era accaduto? O forse era lui quello strano?

Nell'istante in cui Pippina addentò il primo biscotto, Amelia comparve in cucina. – Piccoli miei! – trillò battendo le mani. – Che bello avervi qui tutti e due! Come sono i miei biscotti? Tommy, non dirmi che non li hai ancora assaggiati. Non ti senti bene?

Il ragazzo bevve un sorso di tè. – Non ho fame, – disse.

Pippina e Amelia si scambiarono uno sguardo complice, poi tutte e due scoppiarono a ridere.

– Cosa c'è? – domandò il ragazzo, a disagio.

– Credo che Tommy non abbia ancora capito, – intervenne Oreste.

– Che cosa avrei dovuto capire?

Pippina lo fissò negli occhi e gli appoggiò una mano sul braccio. – Che resto a dormire qui a Villa Brivido! – esclamò. – Non hai visto il mio borsone?

– Sí, ma... – fece il ragazzo, confuso. La verità era che non ci aveva badato, perché troppo occupato a dubitare di lei. Ma ora si rendeva conto di essersi sbagliato. Anche con i pantaloni e gli stivali alla moda, Pippina era sempre Pippina: la sua migliore amica.

La ragazza schizzò nell'atrio, frugò nella borsa e tornò con un libro in mano, che porse a Tommy.

Poi si sedette, legandosi i capelli in una coda. – Posso restare qui per tutte le vacanze di Carnevale! Non sei contento?

– Forte! – disse Tommy al settimo cielo.

Lei gli toccò il ciuffo di capelli in cima alla testa. – Mi piace come ti sta, – disse, decisa.

Il ragazzo abbassò lo sguardo sul libro per nascondere l'imbarazzo, e subito dopo i suoi occhi azzurri si spalancarono per la sorpresa. – *Invito a pranzo con fantasma*, di Livido Scuro. Che bello!

– Lo inizieremo questa sera. Lo leggeremo insieme, cosa ne dici?

– Dico che è un'idea grandiosa! – rispose Tommy afferrando un biscotto.

– Ragazzi, non andate a letto troppo tardi però, – disse Amelia. – Domani c'è l'inaugurazione della biblioteca.

– Sí, però è di pomeriggio, – replicò Pippina.

– Ma come? – disse Tommy. – Stanotte non andiamo alla riunione dei fantasmi nel bosco?

– Il fatto che abbiate presenziato una volta non vuol dire che debba diventare un'abitudine, – intervenne Oreste. – Quella era una situazione d'emergenza.

– Ma... – cominciò Tommy.

– Niente ma, – lo fermò la domestica. – Non è un bene per voi bambini frequentare tutti quei fantasmi.

– Ma anche voi siete fantasmi!

– Lo so, piccolo Scuro, – continuò Amelia con dolcezza, – ma è meglio non esagerare. Avete tutta la vita davanti e cosí tanti cambiamenti che vi aspettano! E avventure da vivere! I fantasmi invece non cambiano piú, restano sempre uguali.

Tommy rifletté su quelle parole. Non era del tutto convinto, anche se il discorso di Amelia pareva ragionevole.

Finirono il tè e si recarono nelle loro stanze a sistemare i bagagli. Tommy era curioso di vedere il costume di Carnevale dell'amica, ma Pippina gli spiegò che voleva fargli una sorpresa e cosí il ragazzo dovette rassegnarsi ad aspettare.

All'ora di cena, scesero in sala da pranzo con le candele in mano e sedettero al lungo tavolo in attesa dello zio. Livido arrivò qualche istante piú tardi.

Indossava il solito mantello, il completo gessato e le scarpe di vernice, e aveva profonde occhiaie scure sotto gli occhi grigi.

Assorto in chissà quali pensieri, non si accorse dei due ragazzi finché non fu a un passo dal tavolo. Allora il suo sguardo si accese. – Siete già arrivati! Ma che ore sono? Be', se sono sceso immagino sia perché è ora di cena... Perdonatemi, ma quando scrivo perdo la cognizione del tempo.

– Ciao, zio Livido! – Tommy si alzò e lo abbracciò, felice.

– Buonasera, – disse Pippina.

– Buonasera a voi, ragazzi.

Livido sedette a capotavola e Amelia entrò con un carrello argentato: c'erano maccheroni al ragú per Tommy e Pippina e una sogliola con zucchine lesse per zio Livido.

– Zio, sembri stanco, – disse il ragazzo, infilzando un maccherone con la forchetta.

– Per forza, nipote. Sto per finire il

romanzo e ho dormito poco nelle ultime notti.

– Signor Scuro, domani c'è l'inaugurazione della biblioteca, – gli ricordò Amelia.

– Lo so, – rispose Livido. – Ed è per questo che almeno stanotte non scriverò. Voglio essere riposato per domani. Mi farò una bella dormita!

Dopo cena, Tommy e Pippina si infilarono i pigiami e si trovarono nella camera della ragazza per iniziare a leggere il libro di Livido.

Per l'occasione, Amelia aveva superato se stessa. Il letto era ricoperto da un soffice piumone azzurro con due delfini che si tuffavano tra le onde del mare. Accanto alla finestra c'era uno scrittoio con una sedia di velluto e al centro della stanza un morbido tappeto.

La domestica aveva anche cambiato le tende: al posto di quelle scure e lugubri aveva appeso delle leggere tendine celesti, appuntate da due grossi fermagli a forma di farfalla.

Tommy sedette sul tappeto, mentre Pippina accendeva la lampada accanto al letto. Poi la ragazza sedette a gambe incrociate con il libro in mano e cominciò a leggere a voce alta. Ma Tommy era talmente stanco che poco dopo dormiva già, sdraiato sul tappeto.

Pippina sorrise e lo scosse. – Tommy!

– Che c'è? – fece il ragazzo, tirandosi su.

– È meglio se andiamo a dormire, – rise lei chiudendo il libro. – Lo leggeremo un'altra volta.

Tommy si alzò sbadigliando. – Sí, hai ragione. Domani c'è l'inaugurazione, è meglio se riposiamo anche noi, come lo zio Livido –. Prese una candela, la accese e si diresse verso la porta. – Buonanotte, Pippina.

– Buonanotte, Tommy.

V

Due fantasmi in biblioteca

L'alba iniziava appena a tingere di rosa il nuovo giorno, quando Losco uscí dalla cappa del camino. Avvolto da un alone di luce bianca, il fantasma fluttuò per le stanze della biblioteca alla ricerca del suo signore.

Da quando l'antica dimora dei Tremolante era stata ristrutturata e trasformata in una biblioteca, Goffredo era diventato sempre piú cupo. Durante i lavori, Losco aveva proposto di trasferirsi per il tempo necessario da qualche altra parte, ma Goffredo non ne aveva voluto sapere: quella era la sua casa e mai l'avrebbe lasciata! Cosí i due si erano rintanati in un angolo di qualche stanza, tappandosi le orecchie per il gran fracasso.

E poi c'era stato il giorno in cui avevano portato via la collezione di libri antichi. Goffredo era rimasto alla finestra a guardare, senza fare nulla.

– Potremmo spaventarli e farli scappare tutti, se credete, – aveva suggerito Losco.

Ma il suo signore aveva scosso la testa. – Non sono quel genere di fantasma, non mi presto a queste pagliacciate.

E non aveva aggiunto altro.

Ora Losco lo cercava dappertutto, senza risultato.

Alla fine, dopo tanto vagare, lo trovò nel suo vecchio studio, trasformato in sala dei libri per ragazzi.

– Come mai siete qui? – chiese l'omino, tornando con i piedi a terra.

– Questo era il mio studio, te ne sei dimenticato? – Goffredo, seduto a un basso tavolino rotondo, si alzò a fatica, fulminando il servitore con un'occhiata di fuoco. – Sai che cos'è questo? – tuonò, sventolandogli un volume sotto al naso.

– Un libro, mio signore.

Goffredo strinse la cintura della veste da camera di broccato rosso che indossava e camminò per la stanza strascicando le babbucce.

Poi si voltò all'improvviso. – Sí, ma non è un libro qualunque. È una storia di fantasmi di quel Livido Viola, o come diavolo si chiama!

– Livido Scuro, signore, – lo corresse Losco con un colpetto di tosse.

– È lo stesso! Viola, Scuro, non ha importanza! Sono libri da quattro soldi. E quel che è peggio, gettano fango sulle nostre nobili figure di fantasmi. Veniamo descritti in modo ridicolo, ci fanno fare la figura dei buffoni, buoni solo a ululare e andare in giro trascinando catene con un lenzuolo sopra la testa!

Losco si passò una mano giallognola sulla fronte. – A dire il vero, io trovo interessanti i suoi libri. Da quando li hanno portati qui dentro ne ho letti due e incontrano il mio gusto. Voi forse non ululate e non trascinate catene, ma ci sono fantasmi che lo fanno e...

– Rovinano la reputazione di noialtri! Abbiamo una dignità, perbacco! Sí o no? – lo interruppe Goffredo. – E poi... vuoi forse dire che questi libri sono migliori dei miei testi antichi?

– No, mio signore, ma ecco... a me piacciono, in effetti. La vostra collezione di testi antichi era pregevole, nulla da dire, ma ormai li conoscevo tutti a memoria. Questi libri, invece, rappresentano una bella novità.

Ci fu qualche istante di silenzio.

Goffredo si avvicinò a una finestra e guardò fuori, mentre il servitore restava immobile, aspettando che il suo signore dicesse qualcosa.

Ma lo spettro rimase in silenzio e cosí, alla fine, l'omino disse: – Mio signore, domani ci sarà l'inaugurazione della biblioteca. C'è un manifesto all'ingresso, lo avrete visto anche voi. L'ospite d'onore sarà proprio lo scrittore Livido Scuro. È molto conosciuto e i suoi libri piacciono molto. Saprete di sicuro che abita a Villa Brivido, su una collina qui vicino, e che due di noi, Amelia e Oreste, sono al suo servizio da anni... Li ho conosciuti parecchio tempo fa a una riunione di fantasmi nel bosco.

Goffredo Tremolante si girò con studiata lentezza. Per un breve istante, a Losco parve che il suo faccione pallido si tingesse di rosso... ma naturalmente era impossibile.

D'istinto, l'omino fece un passo indietro.

– Spero che tu non sia piú andato a quelle stupide riunioni! – sbottò furioso Goffredo, agitando un indice cereo e grassoccio.

– No, mio signore, – rispose Losco.

– A ogni modo, voglio proprio vedere com'è fatto questo Livido Nero...

– Scuro, signore... – lo corresse Losco con un filo di voce.

Goffredo lo guardò fisso per un momento, poi ordinò: – Invece di stare qui a perdere tempo, recati alla dimora di questo scrittore e raccogli tutte le informazioni che riesci a trovare. Poi torna a riferirmi cosa hai scoperto di interessante.

Losco rimase fermo a stropicciarsi le mani: in realtà non amava molto andare in giro, preferiva di gran lunga starsene rintanato dentro la cappa del camino.

– Allora, sei ancora qui? – gridò Goffredo.

– Vado subito, mio signore.

L'omino si inchinò, poi la sua figura si fece eterea e scomparve oltre lo spesso muro della stanza.

VI
La dimora dei Tremolante

Quella mattina, a Villa Brivido, Tommy e Pippina dormirono fino a tardi. Una volta pronti, scesero in cucina con le candele e trovarono la tavola imbandita: c'erano due tipi diversi di crostata, marmellata, biscotti e anche una focaccia salata.

Amelia versò la cioccolata calda nelle tazze da un bricco d'argento. I ragazzi la osservavano perplessi, perché la domestica era stranamente silenziosa.

– Mmm, dov'è Oreste? – chiese Pippina, addentando un pezzo di focaccia.

La donna non rispose. Aveva la fronte pallida aggrottata e lo sguardo preoccupato. Pippina scoccò a Tommy un'occhiata dubbiosa.

– Amelia? – disse il ragazzo a voce alta. – Che cos'hai?

La domestica si riscosse di colpo. – Oh, niente niente. Oreste sta spazzando le foglie in giardino. Su, mangiate e bevete la cioccolata –. Si voltò e si diresse al lavandino.

– Eppure mi sembri strana... – continuò Tommy. – E zio Livido?

– Il signor Scuro sta scrivendo in soffitta. Gli ho portato il caffè e una fetta di crostata.

– E la pasta d'acciughe? Ne mangia sempre tanta?

– Certo, – rispose Amelia, asciugandosi le mani nel grembiule. Poi tornò silenziosa.

Tommy si rivolse all'amica. – Allora, adesso vuoi dirmi da cosa ti mascheri? L'inaugurazione è tra poche ore ormai.

Pippina scosse la testa ridendo. – No, niente da fare, Tommy. Ho detto che è una sorpresa, e sarà una sorpresa.

Il ragazzo si rassegnò e affogò la delusione nella cioccolata calda.

Piú tardi, a mezzogiorno in punto, Amelia serví un pasto leggero: tartine con burro e pasta d'acciughe, pollo in gelatina e verdure alla griglia.

Alla fine Livido, che aveva pranzato in veste da camera, si tamponò con cura la bocca con il tovagliolo e si alzò. – È meglio che ora vada nella mia stanza a prepararmi, – annunciò. – La vestizione sarà lunga e laboriosa. Dopotutto, è il mio ingresso ufficiale in paese.

– Starai benissimo, zio! – esclamò Tommy. – E poi saremo vestiti quasi uguali, il mio costume è da vampiro!

Sulle labbra del signor Scuro affiorò un sorrisetto, che mise in evidenza i canini appuntiti. – Lo so nipote, me lo hai già detto. Ne sono lieto, le buone abitudini vanno coltivate sin da giovani. Bene, ora domando scusa. Con permesso... – E lasciò la sala da pranzo.

Poco dopo, anche i due ragazzi si recarono nelle loro stanze per prepararsi. Tommy non stava piú nella pelle: continuava a pensare alla misteriosa maschera di Pippina. Mentre si infilava la camicia e i pantaloni neri, gli tornò in mente il sogno e il vaporoso abito da fata dell'amica.

Lei però gli aveva detto di stare tranquillo e di fidarsi, quindi scacciò subito quel pensiero.

Si guardò nel lungo specchio dell'armadio a fiori e si infilò in bocca i denti di plastica. Erano molto fastidiosi, ma necessari se voleva essere un perfetto vampiro. Magari li avrebbe tolti piú tardi, pensò.

Era talmente concentrato a fissare la propria immagine nello specchio, da non accorgersi della porta che si apriva piano piano alle sue spalle.

Quando si voltò, fece un balzo e urlò dallo spavento. – Aaah! E tu chi fei?

Uno scheletro dagli occhi castani e vivaci lo fissò per qualche istante, immobile al centro della stanza. Poi scoppiò a ridere. – Tommy, sono io! Non mi riconosci? Scusa, ma chi pensavi che fossi, uno scheletro vero?

Tommy avanzò, tirandosi su il colletto del mantello nero da vampiro. – No, figurati, è che non ti ho fentita entrare e mi hai fpaventato. Ftai beniffimo, davvero!

Pippina era fasciata in una tuta aderente dalla testa ai piedi. Sulla stoffa nera spiccavano, lugubri e fosforescenti, le ossa della gabbia toracica, delle gambe, delle braccia e anche del viso. I capelli rossi della ragazza erano spariti, ben nascosti sotto una cuffia, e sul davanti c'erano due buchi per gli occhi, contornati di bianco.

La ragazza lo prese per mano, trascinandolo verso la porta. – Anche tu sei bellissimo, Tommy! Dài, andiamo o faremo tardi!

Al piano di sotto, Livido li aspettava nell'atrio, vestito di tutto punto. – Eccovi finalmente, bambini. Dobbiamo andare o rischieremo di arrivare tardi, e non voglio fare brutta figura.

– Che bello, zio! Fiamo veftiti uguali! – esclamò Tommy.

Lo zio sollevò le spesse sopracciglia. – Ma come parli, nipote?

– Oh, non ci faccia caso, – rise Pippina. – Sono solo i denti di plastica da vampiro.

– Tu non ne hai bifogno, zio, – aggiunse Tommy.

– Già già, ma adesso andiamo.

Amelia porse ai ragazzi i loro piumini. – Oggi sembra una giornata di primavera, ma potreste avere freddo. Divertitevi!

I tre uscirono all'aperto, attraversarono il giardino e, una volta varcato il cancello, imboccarono la strada in discesa che conduceva al paese. L'aria era frizzante, ma il sole era caldo e si sentivano già gli uccellini cinguettare tra gli alberi del bosco.

Giunti in paese, si diressero verso la vecchia dimora dei Tremolante, ora sede ufficiale della biblioteca comunale. Un grande cancello aperto immetteva in un lungo viale affiancato da alti alberi secolari. Pochi gradini fiancheggiati da due grossi leoni di pietra conducevano all'edificio, una casa tipicamente vittoriana, a tre piani, con una torretta laterale. Il gruppetto si fermò davanti ai gradini.

– Questa era la vecchia villa dei Tremolante, i piú ricchi del paese, – spiegò Livido, mentre i ragazzi la guardavano con tanto d'occhi. – Pensate che dietro l'edificio si trova un piccolo cimitero. Oltre alla cappella di famiglia, ci sono le tombe dei loro domestici e degli amici piú cari, e anche quelle degli animali da compagnia di varie generazioni di Tremolante.

– Non ho mai visto questa casa, – disse Pippina. – Il cancello era sempre chiuso.

– Certo, – continuò Livido, – fino a che non è stata venduta al comune, era proprietà privata. Ogni tanto ci veniva qualche discendente della famiglia, ma sempre piú di rado. E poi la villa non si vede dalla strada, come si conviene alle dimore piú preziose.

– È belliffima, – mormorò Tommy, rapito.

– Strano, però, che abbiano deciso di farla diventare una biblioteca, con un cimitero cosí vicino –. Pippina rabbrividí.

Livido fece una risatina. – Non avevano scelta, non potevano mica toglierlo. È un cimitero piccolo e molto vecchio, che fastidio può dare? Sapete, l'ultimo abitante della villa è stato un certo Goffredo Tremolante, che possedeva una bellissima collezione di testi antichi. Pensate, la bibliotecaria che è venuta a trovarmi qualche giorno fa crede che possa esserci il suo fantasma nella casa! Andrete senz'altro d'accordo con lei, vi piacerà. Su, adesso entriamo.

Il piccolo vampiro e lo scheletrino si scambiarono una lunga occhiata, poi si presero per mano ed entrarono in biblioteca.

VII
L’inaugurazione

L’interno della biblioteca era affollato. Sembrava che tutto il paese fosse accorso all’evento, e forse era proprio cosí.

Era il posto piú accogliente in cui Tommy e Pippina avessero mai messo piede in vita loro. Il pavimento di legno lucido era ricoperto di tappeti e passatoie dai motivi orientali. C’erano poltroncine e tavoli per lo studio e la lettura, il tutto attorniato da scaffali pieni di libri e manifesti colorati appesi alle pareti.

Pippina ne indicò uno a Tommy: *Inaugurazione da brivido, in compagnia del famoso scrittore Livido Scuro, padrino dell’evento*, diceva. Poi corse verso un gruppo di bambini in maschera. – Vieni, Tommy, ti presento i miei compagni di scuola!

Il ragazzo sentí una punta di gelosia: non aveva pensato che all'inaugurazione ci sarebbero stati gli amici e le amiche di Pippina. Ma dopotutto era normale, lei abitava lí ed era lí che andava a scuola. E cosí si diresse verso il gruppo. Salutò eroi dei cartoni animati, qualche fata e principessa, e mostri in gran quantità, poi si ritirò in un angolo e si guardò intorno.

Zio Livido era stato circondato da varie persone non appena aveva varcato la soglia. Tommy ripensò a quando lo zio gli aveva raccontato che tutti, in paese, lo evitavano a causa del suo abbigliamento e del suo stile di vita. «Forse ci voleva un evento come questo per rompere il ghiaccio» pensò il ragazzo. Certo che gli adulti erano proprio strani!

Mentre rifletteva si lasciò cadere su una poltroncina, ma dopo un momento

arrivò Pippina e lo prese per un braccio. – Ehi, Tommy, che fai? Alzati!

– Ma non preferivi ftare con i tuoi amici?

– Chi, io? Ma figurati! Li vedo tutto l'anno, e poi sanno che sei il mio migliore amico.

Tommy sorrise, si tolse i denti di plastica e li ripose in una tasca.

– Fai bene a toglierli, ho visto certi pasticcini! Non potresti mangiarli con quei denti finti. Dài, andiamo a fare un giro, magari incontriamo il fantasma di Goffredo...

Al ragazzo brillarono gli occhi. – Allora anche tu lo hai pensato, – disse. – Ne ero sicuro.

– Certo!

I due amici stavano per iniziare il loro giro, quando videro che tutti i presenti si incamminavano verso la sala dove c'erano le sedie e il tavolo con i pasticcini, e cosí anche loro li seguirono e sedettero vicini.

Una donna dall'aria simpatica prese

la parola. Aveva corti capelli biondi ed era vestita con un maglione di lana rosa e una lunga gonna grigia, da cui spuntavano gli stivaletti di pelliccia.

– Benvenuti, benvenuti a tutti, – cominciò. – Scusate l'emozione… Sono la nuova bibliotecaria, anzi, per la verità la prima e unica… Ora, prima di lasciare la parola al sindaco, vorrei ringraziare il padrino dell'evento per essere qui con noi oggi: lo scrittore Livido Scuro, che gentilmente rilascerà autografi per la gioia di tutti i presenti.

Un applauso corse per la sala, mentre Livido si alzava dalla sedia e faceva un ampio inchino. Poco dopo il sindaco, una donna con i capelli giallo paglierino e un severo abito scuro salutò i presenti e si lanciò in un noioso discorso, leggendo da un foglio.

Tommy sbadigliò. – Ma non poteva impararlo a memoria?

– Hai ragione, – disse Pippina.

– Andiamo a fare un giro, torneremo piú tardi.

– Buona idea.

I due amici sgattaiolarono fuori dalla sala e si incamminarono al piano superiore. Trovarono la stanza dedicata ai libri per ragazzi e sedettero a un basso tavolino azzurro, lo stesso al quale si era seduto Goffredo soltanto qualche ora prima.

– Allora, dove sarà il fantasma di questo Goffredo Tremolante? – domandò Pippina.

Tommy tirò fuori da una tasca un pacchetto di caramelle gommose alla frutta e ne offrí una all'amica. Poi, masticando, si guardò intorno. – E chi lo sa. Chissà se è contento che la sua casa sia diventata una biblioteca...

– Ma siamo sicuri che abiti qui? – chiese Pippina.

– Secondo me sí.

– Anche io la penso cosí –. La ragazza si tolse la cuffia e una cascata di capelli rossi le scese sulle spalle. – Uff, stavo morendo dal caldo!

– Già –. Tommy continuava a masticare. – Forse questo Goffredo è scocciato da tutta quella gente. Insomma, questa è casa sua. Non credo proprio che si farà vedere. Perché dovrebbe?

– Lo penso anch'io, – disse Pippina.

I due amici si alzarono, diedero un'occhiata ai libri sugli scaffali e poi tornarono al piano di sotto. I discorsi ufficiali erano terminati e il rinfresco era iniziato.

– Mamma, papà! – gridò Pippina, individuando i genitori tra la folla.

I signori Lira, entrambi con un bicchiere in mano, raggiunsero i ragazzi in un angolo della sala.

– Ciao, Tommy. Come stai, ragazzo? – chiese il papà di Pippina.

– Bene, grazie. Come va il supermercato?

– A gonfie vele, ma oggi pomeriggio è chiuso per via dell'inaugurazione.

– Però avete fatto tardi, – osservò la ragazza.

– Colpa di tuo padre, – sorrise la mamma. – Ha voluto a tutti i costi contare tutti i tubetti di pasta d'acciughe. Sai, Tommy, per non rischiare di far restare senza tuo zio.

– Siete gentili, – osservò Tommy. – A proposito, dov'è?

– Sta rilasciando autografi, e credo che ne avrà ancora per molto, – rispose la signora Lira. E indicò il tavolo al quale era seduto Livido, attorniato da persone cariche di libri.

– Devono recuperare il tempo perduto, – ridacchiò il signor Lira.

In quell'istante, la bibliotecaria li raggiunse correndo a piccoli passi. Era raggiante. – Voi dovete essere Tommy, il nipote di Livido, e la sua amica Pippina, giusto?

I ragazzi annuirono.

– Lo sapevo. Livido mi ha parlato di voi. «Cerchi un vampiro e uno scheletro» ha detto. Che burlone! E cosí, eccovi qui. Io sono Lunilla De Gobbis.

– Molto piacere, – disse Pippina. – Anche lei ama i libri di paura?

Lunilla spalancò gli occhioni verdi.

– Li adoro! E poi Livido mi ha detto che voi due credete ai fantasmi. Che cosa interessante!

– Sí, è cosí, – rispose Tommy.

– Sapete, – continuò lei abbassando la voce. – Ho detto a Livido che forse qui potrebbe esserci lo spettro del vecchio Goffredo, ma lui sostiene che è impossibile.

– Lo so, – replicò Tommy. – Mio zio non crede che esistano i fantasmi.

– Venite a mangiare i pasticcini, – li invitò Lunilla, – cosí intanto parliamo un po'.

I due amici salutarono i genitori di Pippina e seguirono Lunilla verso il tavolo del rinfresco.

Nella stessa sala, in quello stesso momento, si trovavano, non viste, due eteree presenze. Erano molto in alto, in un angolo del soffitto, da cui sbucavano solo le teste trasparenti.

– Guarda quel Livido come si pavoneggia, – disse Goffredo. – E in casa mia, per giunta! Se ne sta seduto lí a firmare libri come se fosse il padrone. Libri ridicoli, oltretutto!

– Di quei libri ridicoli è piena la biblioteca, – gli fece notare Losco. – E da quello che ho scoperto, tra poco ce ne saranno altri. Dalle carte che ho trovato nella soffitta di Villa Brivido risulta che ne sta per uscire uno nuovo. Si intitola *Il terribile Jack il Freddo*. E poi sta terminando una nuova storia proprio in questi giorni.

– Lo so, me lo hai già detto! – protestò Goffredo. Lo spettro guardò ancora per un istante le persone sotto di sé, poi disse: – Ne ho abbastanza di questo chiasso, senti quanto parlano... ma cosa dovranno mai dirsi? E poi tutti quei bambini urlanti, in maschera, non li sopporto.

– Allora direi che è giunto il momento di ritirarsi per un po', mio signore.

– Sí, è un'idea saggia, – disse Goffredo. – Non ho mai capito cosa ci trovassi di tanto speciale nella cappa del camino, ma ora comincio ad apprezzarne i vantaggi. E poi... devo parlarti di una cosa –. Lanciò un'ultima occhiataccia a Livido, che continuava ad autografare libri. – Mmm, mi è venuta un'idea... Andiamo.

E i due fantasmi sparirono nella parete.

VIII
La scomparsa

Quella sera, a Villa Brivido, il momento della cena fu molto allegro. Livido era di buon umore, anche se si lamentò del dolore alla mano causatogli da tutti gli autografi che aveva dovuto firmare. A quanto pareva, finalmente la gente del paese lo aveva accettato e si era addirittura complimentata con lui per i suoi libri.

Dopo un brodo vegetale e un lesso con le carote, Livido si congedò. – Sono esausto, – disse ai bambini, che stavano mangiando una cotoletta impanata. – Vi chiedo scusa, ma me ne vado a letto. Domani mattina voglio alzarmi presto per continuare la storia; ormai è quasi finita, sapete.

– Che bello, zio! – commentò Tommy, ancora vestito da vampiro.

– Complimenti ancora, signor Scuro, – disse Pippina. – Sono contenta che abbia avuto tanto successo.

– Ti ringrazio –. Livido si inchinò e uscí.

Subito dopo cena, Tommy e Pippina si chiusero nella camera della ragazza e lessero a voce alta alcuni brani del libro dello zio, *Invito a pranzo con fantasma.*

– *... a quel punto, Manlio Manoviscida si alzò da tavola. Era alto fin quasi al soffitto e la sua lunga ombra si stagliava sul muro alle sue spalle* –. Pippina leggeva seduta a gambe incrociate sul tappeto. Tommy la ascoltava trattenendo il respiro. – *«Signor Manoviscida, non abbiamo finito di pranzare» disse la padrona di casa, una donna sottile e spigolosa. «Ahahah» rise Manoviscida, e la sua figura prese a tremolare fino a diventare eterea. Solo allora tutti i commensali si accorsero che aveva una lunga catena tintinnante avvolta intorno a una* *caviglia. Manoviscida la raccolse da terra e la agitò sotto il naso dei presenti, che erano impalliditi per la paura. «Ma non avete ancora capito che questa era la mia vecchia casa? Io sono uno spettro, incatenato a questa dimora per l'eternità, e ora voi tutti siete miei prigionieri...»*

– Basta cosí, – disse Tommy alzandosi dal letto.

– Non dirmi che hai paura... – Pippina lo guardava sorridendo.

– No.

– Nemmeno io, – disse lei. – Però hai ragione, fermiamoci qui: è ora di andare a letto.

– Buonanotte.

Pippina si alzò e gli scoccò un bacio su una guancia. – Buonanotte, Tommy.

Il ragazzo si affrettò alla porta, rosso come una passata di pomodoro.

Il mattino dopo, Villa Brivido venne svegliata dalle urla di Livido. Lo scrittore, ancor prima di fare colazione, era salito in soffitta per lavorare all'ultimo capitolo del romanzo e aveva trovato una sorpresa. Una brutta sorpresa. La cosa peggiore che gli potesse capitare.

Tommy e Pippina, ancora in pigiama, schizzarono fuori dalle loro stanze e si precipitarono alla scala che conduceva in soffitta.

– Nooo!!! – gridava Livido. – Non può essere vero! Tutto il mio lavoro!

Alla luce delle candele, i due amici si guardarono in faccia.

– Cosa può essere successo allo zio? – chiese Tommy, agitato.

– Non lo so, – gli rispose Pippina. – Ma senti come grida. Deve essere qualcosa di grave.

– Andiamo a vedere –. Il ragazzo si arrampicò su per i gradini, seguito dall'amica.

Giunti sulla soglia della soffitta, Tommy e Pippina sgranarono gli occhi davanti alla scena piú incredibile che potessero immaginare.

Livido Scuro, di solito tanto preciso e ordinato, era in piedi davanti allo scrittoio e buttava all'aria fogli, libri e pennini.

Quando ebbe terminato con quelli passò alle mensole, tirando giú tutti i libri, che precipitavano a terra sollevando nugoli di polvere.

– Zio, che succede? – gli chiese Tommy, avanzando di qualche passo.

Livido si voltò. Era in pigiama, i capelli grigi spettinati, gli occhi iniettati di sangue e un colorito giallastro sul volto scavato.

Per un istante calò il silenzio e Livido rimase immobile a guardare i due ragazzi che lo fissavano con le candele in mano. Poi, molto lentamente, cominciò ad avanzare, le lunghe mani bianche tese in avanti.

– Bambini... Per caso siete saliti in soffitta questa notte? – La sua voce stridula aveva un tono minaccioso.

– No, zio, – rispose Tommy, facendo d'istinto un passo indietro.

– Lo giuriamo, signor Scuro, – aggiunse Pippina.

– Siete proprio sicuri? So che a volte i bambini commettono delle marachelle. Perciò, se avete preso il mio manoscritto per leggerlo, restituitemelo subito. Non vi punirò, ve lo prometto.

Tommy sgranò ancora di piú gli occhi azzurri. – Non abbiamo preso il tuo manoscritto, zio Livido. Non faremmo mai una cosa del genere!

In quell'istante, Amelia sbucò dalla scala. – Io credo che Tommy dica la verità, signor Scuro. I bambini non potrebbero mai arrecarvi un danno simile. Sanno quanto sia importante per voi il vostro lavoro, e lo rispettano.

I ragazzi si voltarono. Amelia era stata talmente silenziosa che non l'avevano sentita arrivare. Forse era salita fluttuando anziché camminando, pensarono tutti e due.

Livido abbassò le braccia, che gli ricaddero molli lungo il corpo. – Ma sí, avete ragione. Non potete essere stati voi, che amate cosí tanto i miei libri... Il fatto è che il manoscritto è scomparso, come svanito nel nulla –. Indicò lo scrittoio. – Io non l'ho mai spostato da lí, ne sono sicuro. Come sapete, scrivo tutto a mano e non faccio copie. Ero salito per ultimare la storia e invece la storia è scomparsa! Come farò ora?

Amelia avanzò e si portò al centro della stanza. – Signor Scuro, lo cercheremo dappertutto e vedrete che salterà fuori. Intanto, non volete cominciare a pensare a dove può essere finito? Magari lo avete portato nella vostra stanza...

Livido la guardò. – Non credo. A ogni modo, lo cercherò in ogni angolo di questa casa. Ora vado a farmi un bagno caldo, forse riuscirò a ragionare con piú lucidità.

– E io vi preparo una sostanziosa colazione, – disse la domestica. – Non disperate, lo troveremo.

Livido si avviò a spalle curve verso la scala. – Pasta d'acciughe, mi raccomando, – disse. – Pasta d'acciughe in gran quantità.

Aveva cominciato a piovere. Le gocce d'acqua picchiettavano sulle imposte chiuse, mentre Tommy e Pippina sedevano in cucina a consumare la colazione. Amelia aveva fatto le frittelle di Carnevale, ma i due amici non avevano molto appetito.

– Mi dispiace tanto per zio Livido, – disse Tommy, sbocconcellando un angolino di frittella.

– Ma cosa può essere successo? – disse Pippina.

Amelia stava mescolando le uova strapazzate per Livido in una padella. Era silenziosa. Poi, all'improvviso, si voltò e sedette al tavolo di fronte ai ragazzi. Il suo volto pallido era illuminato dalla luce soffusa delle candele.

Tommy e Pippina la guardarono curiosi. Pareva che la domestica dovesse dire qualcosa, ma non si decidesse a parlare.

In quell'istante Oreste entrò in cucina, scrollando i capelli bianchi bagnati di pioggia. – Niente da fare, ha cominciato a piovere – disse. – Per ora è inutile lavorare in giardino. Cosa sta succedendo qui?

– Siamo nei guai, – rispose Amelia. – Il manoscritto del signor Scuro è sparito e nessuno di noi ha idea di dove possa trovarsi...

– Ah, proprio un bel guaio, sí, – convenne il giardiniere sedendo al tavolo.

– Stavo per raccontare ai ragazzi di Losco.

Oreste annuí, passandosi una mano tra i capelli.

– Chi è Losco? – domandò Pippina.

Amelia intrecciò le mani sul tavolo. – Losco è un fantasma. Era il servitore di fiducia di Goffredo Tremolante quando era in vita, e lo è rimasto fino a oggi.

– Goffredo Tremolante! – esclamò Tommy. – Zio Livido ci ha spiegato che era il vecchio proprietario della biblioteca. Allora è vero che c'è il suo fantasma nella villa!

– Sí, è cosí. Era un signore burbero e

solitario, attaccato alla sua casa e alla sua collezione di testi antichi. Non ha mai voluto partecipare alle riunioni nel bosco. Losco è venuto qualche volta, molto tempo fa, poi ha smesso anche lui, immagino per volere del suo signore.

– Come mai ci parli di lui? – chiese Tommy.

Amelia sospirò. – Perché ieri, all'alba, Oreste e io lo abbiamo sorpreso mentre vagava per Villa Brivido. Se ne andava in giro a curiosare. Gli abbiamo domandato cosa ci facesse qui... – La domestica guardò il marito.

– E lui ci ha risposto che non voleva fare nulla di male, era solo curioso di vedere dove abitava il famoso scrittore di storie di fantasmi, – concluse il giardiniere.

– Ma allora può essere stato lui a rubare il manoscritto! – esclamò Tommy.

Amelia scosse la testa. – Io non credo. Come si può arrivare a fare una cosa del genere? Quei due sono tipi solitari, ma secondo me non sono malvagi.

– Be', però era qui, no? – disse Pippina. – E adesso il manoscritto del signor Scuro non c'è piú. Potrebbe essere stato lui.

– Ecco perché eri cosí strana ieri, – disse Tommy rivolto ad Amelia. Poi guardò l'amica. – Dobbiamo fare delle indagini, ritroveremo il manoscritto dello zio.

– Ragazzi, state attenti... – disse Amelia. – Non cacciatevi nei guai.

Il ragazzo le sorrise. – Non preoccuparti, andremo solo a dare un'occhiatina alla biblioteca, vero Pippina?

– Vero!

– Bene. Oreste, tu e io invece cercheremo qui a Villa Brivido, insieme al signor Scuro, d'accordo?

– D'accordo, – rispose lui.

IX
Indagini in biblioteca

Nel pomeriggio, Tommy e Pippina si infilarono i piumini e uscirono da Villa Brivido. La pioggia tamburellava sopra l'ampio ombrello rosso, mentre i due amici camminavano sulla strada che portava in paese.

Pippina infilò un braccio sotto quello dell'amico e Tommy pensò che sarebbe stata una piacevole passeggiata sotto la pioggia, se non avessero avuto la preoccupazione del manoscritto scomparso. Come avrebbe fatto lo zio Livido con l'editore, che aspettava la nuova storia ormai quasi terminata? Il fatto che lo zio scrivesse a mano era bello, ma anche rischioso, rifletté il ragazzo. – Se da grande deciderò di fare lo scrittore, –

disse a Pippina, – ricordami che dovrò scrivere sempre tutto al computer e salvarlo in doppia copia!

– D'accordo, – rispose lei accelerando il passo. – Adesso però pensiamo alle nostre indagini. Cosa dici? È meglio informare anche Lunilla di quello che è successo?

– Mmm –. Tommy ci pensò su un momento. – No, secondo me è meglio non dirle niente. Non vorrei che si spargesse la voce in paese...

– Sí, va bene, – disse Pippina. – Ehi, magari ci dice che ha visto il fantasma di Goffredo!

– Già –. Tommy ebbe un brivido lungo la schiena.

Arrivati al cancello della villa, percorsero in silenzio il lungo viale alberato, mentre la pioggia continuava a cadere. Entrati nell'ingresso, si accorsero che la biblioteca era in piena attività: la gente andava e veniva dalle varie sale, o sedeva a leggere libri e riviste ai tavoli tra gli scaffali.

Lunilla era al bancone, di fronte a un computer dallo schermo piatto. Davanti a lei, una fila di persone con i libri da prendere in prestito.

– Bene, Lunilla è occupata, – disse Pippina. – Possiamo cercare il manoscritto di tuo zio. Da dove cominciamo?

Tommy si guardò intorno.

– Be', potremmo iniziare dalle stanze qui sotto, e poi saliamo al piano di sopra.

– Okay, andiamo.

I due amici diedero il via alle indagini. Ora che sapevano con certezza che la villa era infestata dagli spettri di Goffredo e Losco, sentivano un formicolio alla base del collo.

Cominciarono dalla sala riservata ai libri di storia, e poi passarono a quella della narrativa contemporanea, seguita da quella dei gialli. Infine, salirono al piano di sopra ed entrarono nella stanza dei libri per ragazzi. Seduti ai bassi tavolini colorati, tre bambini piccoli disegnavano con pastelli e pennarelli, mentre una donna leggeva loro un libro di fiabe.

Tommy e Pippina passarono in rassegna i libri sugli scaffali, ma non trovarono nulla di interessante.

Pippina si avvicinò all'amico e sussurrò: – Mi sa che è un'impresa disperata, non credo che lo troveremo...

Tommy stava per aprire bocca, quando nella stanza entrarono due adolescenti con uno scatolone ciascuno. Le ragazze si avvicinarono a uno scaffale e cominciarono a riporre i libri.

– Devono essere le aiutanti di Lunilla, – disse Pippina.

Tommy si grattò la testa. – Mi sa che hai ragione. Il manoscritto potrebbe essere ovunque, e poi qui i libri vengono continuamente spostati. Prima o dopo qualcuno lo troverebbe...

– Vieni, Tommy, andiamo a parlare in un posto piú tranquillo –. La ragazza lo tirò per un braccio e insieme andarono nella stanza accanto. C'erano pochi libri sugli scaffali e un vecchio caminetto spento in un angolo. La pioggia picchiettava sui vetri delle lunghe finestre.

– E ora che cosa facciamo? – chiese Tommy, deluso. – Pensavo che lo avremmo trovato subito, e invece non siamo nemmeno sicuri che lo abbiano preso loro.

– Secondo me sono stati proprio loro, – ribatté Pippina, decisa. – Hai sentito Amelia cosa ha detto? Quel servitore, Losco, era a Villa Brivido e curiosava in giro. E poi c'è stata l'inaugurazione della biblioteca e tuo zio era il padrino dell'evento. Secondo me è tutto collegato.

D'un tratto, un rumore proveniente dalla cappa del camino li fece sobbalzare.

– Cos'è stato? – esclamò Tommy.

Il rumore si ripeté. Era come un tonfo echeggiante, e un attimo dopo un soffio di aria gelida uscí dal camino. I due ragazzi indietreggiarono verso la porta. Pippina afferrò la mano di Tommy e la strinse. Restarono cosí per un lungo momento, immobili, in attesa, poi corsero fuori dalla stanza e scesero le scale. Recuperarono l'ombrello e uscirono all'aperto.

– Bambini! Bambini!

Lunilla De Gobbis spalancò la porta, stringendosi nel maglione verde acido fatto a mano. – Come siete pallidi! – esclamò con la fronte aggrottata. – Per caso avete visto un fantasma?

– No, signorina, – rispose Tommy.

– Non volete prendere in prestito qualche libro?

– Un'altra volta, grazie, – rispose Pippina.

– Mmm, voi due non mi convincete, – osservò Lunilla, pensierosa. – Dite un po', non è che avete sentito qualcosa di strano in biblioteca?

– A che cosa si riferisce? – le domandò Tommy.

Lunilla strinse gli occhi verdi. – Strani rumori e fruscii sinistri, provenienti dalla cappa del camino. Su, nella stanza dei testi antichi. Sapete, non è ancora del tutto sistemata. Nella pausa pranzo mi trovavo là, a riporre i libri appena arrivati, quando a un tratto ho sentito degli strani tonfi nella cappa di quel vecchio camino... e poi uno spiffero gelido!

Tommy e Pippina si guardarono, trattenendo il fiato.

– Cosa dite? – continuò la bibliotecaria. – Potrebbe essere il fantasma del vecchio Goffredo, che si tormenta perché i suoi testi antichi sono stati portati via? Be', certo, questi non saranno all'altezza dei suoi, ma non sono male. D'altra parte, la sua collezione era talmente preziosa che è andata in parte a un museo e in parte a una biblioteca specializzata. Sapete com'è...

– Davvero ha sentito dei rumori provenire dal caminetto? – chiese Pippina.

Lunilla spalancò gli occhi. – Certo, mia cara! Ci puoi giurare! Non è emozionante tutto questo? E poi, proprio qui dietro alla villa, c'è un piccolo cimitero con la cappella di famiglia dei Tremolante. Volete farci un giretto? Io ci sono andata questa mattina molto presto. Trovo che i vecchi cimiteri siano affascinanti!

– Sí, lo sappiamo, – disse Tommy. – Mio zio ce ne ha parlato. Adesso però dobbiamo proprio andare.

– Va bene, ragazzi, non insisto. Devo tornare al lavoro e sto gelando qui fuori. Ci vediamo presto. E la prossima volta, prendete un libro!

– Arrivederci, – la salutò Tommy.

Lunilla rientrò in biblioteca e i ragazzi restarono soli, tra i due leoni di pietra bagnati di pioggia.

Tommy aprí l'ombrello e fece per scendere i gradini, ma Pippina lo fermò posandogli una mano sul braccio.

– Cosa c'è? – Il ragazzo si voltò a guardarla.

– Ma non capisci? – esclamò lei, con gli occhi scintillanti. – Il cimitero, Tommy! Il cimitero! Non so come ho fatto a non pensarci prima. Senza volerlo, Lunilla ci ha messi sulla strada giusta. Se tu fossi un fantasma, dove nasconderesti qualcosa di prezioso che non vuoi che venga trovato?

– Al cimitero?

– Esatto! È il posto piú sicuro. Pensaci bene... chi andrebbe mai a cercare un manoscritto in un cimitero? E poi i cimiteri incutono sempre un certo timore. Qualcuno ne ha perfino paura.

– Ma noi no, giusto? – chiese il ragazzo, un po' esitante.

Sul volto di Pippina apparve un largo sorriso. – Giusto! Noi no. Ed è là che andremo a fare le nostre indagini. E ci andremo di notte!

Tommy deglutí. – Di notte?

– Certo, è ovvio. Le indagini nei cimiteri si fanno sempre di notte! Cosí non ci disturberà nessuno. Io non ho paura, e tu?

– Nemmeno io, – rispose il ragazzo.

Al solo pensiero, Tommy sentiva già le gambe tremare, ed era sicuro che fosse cosí anche per la sua amica. Ma c'era un tacito accordo fra loro: mai ammettere di avere paura. Mai!

X
Notte di tempesta

Quando arrivarono a Villa Brivido, Tommy e Pippina trovarono lo zio Livido e i domestici impegnati nelle ricerche. La casa era sottosopra e Amelia aveva addirittura tolto i cuscini da divani e poltrone.

– Avrò il mio bel da fare a rimettere tutto in ordine, – si lamentò la donna, quando vide i ragazzi. – Dalle vostre facce deduco che in biblioteca è andata male, non è vero?

– Non abbiamo trovato niente, – disse Tommy, affranto, lasciandosi cadere su una sedia di velluto.

– Però abbiamo sentito dei rumori nella cappa del camino –. Pippina si tolse il piumino bagnato di pioggia. – Probabilmente erano i fantasmi, ma non si sono fatti vedere.

– Quei due poveretti non sapranno piú dove nascondersi, – osservò la domestica. – Goffredo è un solitario, e teneva molto alla sua casa, ma non credo sia malvagio.

In quel momento si udí la voce acuta di Livido che proveniva dalle scale.

– Oreste, sia buono, cerchi anche in giardino.

– Ma sta piovendo, signor Scuro.

– Non fa nulla, il manoscritto deve essere trovato. Se penso a tutto il mio lavoro... e poi cosa dirò all'editore?

– Povero zio, – disse Tommy.

Quella sera, a cena, Livido aveva poco appetito. Chiese soltanto un uovo al tegamino e una patata bollita, e non disse una parola per tutto il tempo. Poi si trascinò a letto, esausto per le ricerche della giornata.

Mentre Amelia e Oreste rigovernavano la cucina, Tommy e Pippina si chiusero nella stanza del ragazzo e organizzarono la spedizione notturna. Lo zainetto di Tommy era aperto e i due amici lo stavano riempiendo con tutto l'occorrente.

– Allora, – disse Pippina, – due pacchetti di patatine e una lattina di coca-cola per le emergenze, una coperta, nel caso dovessimo stare fuori tutta la notte e ci venisse freddo...

– Manca qualcosa per fare luce, – le fece notare Tommy, rabbrividendo al pensiero del cimitero buio.

– Aspetta qui –. La ragazza corse via e tornò poco dopo con una torcia in mano. – È quella che mi hai regalato tu la prima volta che sei stato a Villa Brivido, ricordi? Le pile sono nuove, funziona alla perfezione.

Tommy sorrise, felice che l'amica avesse conservato il suo regalo. – Bene, abbiamo tutto. Ora dobbiamo solo aspettare che Amelia e Oreste escano per andare alla riunione nel bosco.

– Già –. Pippina si avvicinò alla finestra e scostò la tenda per guardare fuori. – Ha smesso di piovere, – disse. Quello che non disse, però, era che un forte vento piegava gli alberi del giardino e il cielo nero era attraversato dai lampi.

Non voleva allarmare Tommy prima del tempo.

– Bene, – osservò il ragazzo. – La pioggia complica sempre le cose, sono contento che abbia smesso. E tu? – Si infilò il piumino e si mise lo zainetto in spalla.

– Eh? – fece Pippina, pensando al cielo di tempesta che aveva appena visto.

– Ma che hai? Tutto a un tratto sei diventata pallida. Non avrai mica paura di andare al cimitero?

La ragazza scrollò le spalle. – Ma figurati! – sbuffò. – Dài, andiamo, credo proprio che sia ora.

Accesero una candela per uno e scesero le scale. Villa Brivido era immersa nel silenzio e nell'oscurità. Una volta arrivati nell'atrio, Tommy si fermò e tese le orecchie. Le vecchie imposte delle finestre cigolavano e sbattevano, e freddi spifferi si insinuavano nella casa.

– Cos'è questo rumore? Non avevi detto che il brutto tempo era passato?

Illuminò con la candela il volto di Pippina, che sorrise, tesa. – Be', ecco, io non ho detto questo, – rispose. – Ho detto che aveva smesso di piovere. In effetti, c'è un po' di vento e anche qualche lampo; forse sta per scoppiare un temporale.

– Perfetto, – disse Tommy, soffiando sulla fiammella. – Proprio la serata adatta per andare in un cimitero. Capita sempre cosí, nei libri, no? Dài, spegni la candela e muoviamoci.

Pippina obbedí, poi aprí la porta e insieme uscirono all'aperto. Per un momento rimasero fermi a osservare il cielo attraversato dalle saette, mentre il forte vento li investiva in piena faccia.

Poi Tommy osservò: – A quanto pare Amelia e Oreste sono andati lo stesso alla riunione...

– Forse ai fantasmi piace cosí: c'è molta atmosfera, lo devi ammettere.

– Questo è sicuro. Prendi la torcia, è buio pesto –. E rivolse la schiena alla ragazza, in modo che lei potesse aprire lo zainetto.

Un secondo dopo, Pippina puntava la luce bianca dritta davanti a loro. Si calarono i cappucci sulla testa per proteggersi dal vento e attraversarono il giardino, diretti al cancello. Imboccarono la strada in discesa che conduceva al paese e per tutto il tragitto camminarono in silenzio, guidati dalla luce della torcia e sferzati dalle raffiche di vento, che diventavano sempre piú forti. In lontananza cominciarono a sentire il rombo del tuono, mentre i lampi saettavano nel cielo scuro.

Quando finalmente arrivarono alla biblioteca, erano gelati fino alle ossa. Fecero il giro della vecchia casa dei Tremolante e si ritrovarono davanti a un piccolo cancello di ferro, che sbatteva spinto dal vento. Proprio in quel momento un lampo illuminò il cielo e i due amici videro un prato con l'erba incolta disseminato di vecchie lapidi. Seguí il fragore di un tuono.

Pippina strinse forte il braccio di Tommy, e quando il rombo passò, diresse in avanti la torcia. Il fascio di luce bucò l'oscurità e i due amici avanzarono di qualche passo, varcando il cancello cigolante.

– E adesso che cosa facciamo? – disse Tommy. – Dove cerchiamo il manoscritto?

– Non lo so, – rispose Pippina, senza lasciargli il braccio. – Possiamo cominciare a dare un'occhiata in giro.

– Okay, facciamo un giro tra le lapidi.

Tommy aveva pronunciato quelle parole d'istinto, dato che ormai erano là e qualcosa dovevano pur fare. Ma quando lo sguardo gli cadde sulle vecchie pietre tombali che spuntavano nell'erba come una fila di denti storti, gli si rizzarono i capelli sulla testa. La tentazione di scappare da quel posto lugubre era forte, ma cosa avrebbe detto all'amica? Che era un fifone?

Pippina doveva pensare piú o meno la stessa cosa, dato che non accennava a muoversi. Alla fine si guardarono negli occhi.

– Allora, andiamo? – chiese Tommy.

– Sí, andiamo, – rispose lei.

Si incamminarono nell'erba, verso le lapidi piú vicine. La luce della torcia illuminò le scritte mezze cancellate.

– Alfonsa e Duccio Frollini, una vita al servizio dei Tremolante, – lesse Tommy.

Pippina puntò la torcia su un'altra lapide. – Betty, Lucilla e... non riesco a leggere.

– Non importa, – disse Tommy, mentre nel cielo esplodeva un altro tuono. – Non credo che qui troveremo il manoscritto di zio Livido. Dobbiamo cercare la cappella di famiglia. Queste devono essere le tombe dei domestici e degli amici.

– E degli animali! – esclamò Pippina, scostandosi di qualche metro. – Senti qua, – disse alzando la voce, perché il vento era aumentato ed era diventato simile a un ululato nella notte. – Tobias, fedele compagno e amico sincero... Ah, e senti questa: Kitty, dolce gattina dagli occhi di smeraldo.

Tommy le afferrò la mano. – Senti, non voglio passare tutta la notte qui dentro. Questo posto mi dà i brividi... perciò, per favore, andiamo avanti.

D'un tratto, le prime grosse gocce di pioggia cominciarono a cadere, accompagnate da altri lampi e tuoni. In breve tempo, il cimitero fu investito da un violento acquazzone e i due amici corsero a cercare un riparo.

– Per di qua! – gridò Pippina. – C'è qualcosa là in fondo.

– Dev'essere la cappella di famiglia! – replicò Tommy, cercando invano di trattenere il cappuccio sulla testa.

La cappella della famiglia Tremolante era una tetra costruzione in pietra nera, sormontata dalla statua di un angelo con un'ala spezzata.

I due ragazzi corsero nell'erba fradicia di pioggia e spinsero la porta di legno marcio.

All'improvviso, si ritrovarono avvolti dall'oscurità; il rumore dell'acqua arrivava ora ovattato alle loro orecchie.

– Dài, accendi la torcia –. La voce di Tommy echeggiò nel buio. – Perché l'hai spenta?

– Si è spenta mentre correvo, – rimbombò la voce di Pippina. – Ecco fatto.

Tommy sbatté gli occhi, abbagliato: il fascio di luce lo aveva colpito in pieno viso.

– Oh, scusa, – fece Pippina.

Poi ruotò intorno la torcia, illuminando le pareti, il soffitto e il pavimento, che era ricoperto di un fine strato di polvere.

– È un posto orribile, – disse Tommy, guardando le lastre con le iscrizioni sulle pareti. Ne erano circondati, e tutto era freddo e immobile. Pareva che là dentro non entrasse anima viva da chissà quanto tempo.

– Sí, hai ragione, – disse Pippina. – Non ci sono nemmeno vasi di fiori.

– Neanche un fiore... – mormorò Tommy. – Qui non viene nessuno da anni, te lo dico io.

– Forza, prendi lo zaino. Non so tu, ma io ho bisogno di una piccola pausa.

Tommy stava pensando proprio la stessa cosa: era stanco, bagnato, e sentiva le gambe deboli e molli. Si tolse lo zainetto dalle spalle e lo aprí.

Pippina tirò fuori la coperta e la stese sul pavimento. I due amici sedettero vicini e Tommy aprí il pacchetto di patatine. Sgranocchiarono per un po', ascoltando il rumore della pioggia che batteva sul tetto della cappella; poi si alzarono in piedi e misero via tutto.

– Spegni un momento la torcia, – disse allora Tommy. – Mi sembra di vedere...

– Cosa? – domandò Pippina.

Quando furono di nuovo al buio, la ragazza capí a cosa si riferiva l'amico. Sul fondo della cappella, all'altezza del pavimento, c'era una sottile striscia di luce bianca.

– Andiamo a vedere, – disse Pippina un attimo dopo, e riaccese la torcia.

Si trovarono davanti a una porta incassata nel muro, da cui filtrava un tenue bagliore.

– Vuoi aprire tu? – chiese Tommy.

Pippina esitò, poi si guardarono negli occhi e dissero in coro: – Insieme!

Appoggiarono una mano ciascuno sulla porta e spinsero nello stesso momento. L'interno era piccolo e angusto; in un angolo erano ammassati stracci e vecchie scope, e nell'aria ristagnava un odore di chiuso e umidità.

Al centro dello sgabuzzino, su un secchio rovesciato, sedeva il fantasma di un vecchio, avvolto da un alone di luce. Aveva capelli e barba bianchi e indossava una lunga veste grigio topo, simile a una camicia da notte. Era concentrato nella lettura di alcuni fogli di pergamena, che stringeva tra le mani color avorio.

– Il manoscritto di zio Livido! – esclamò Tommy.

Il vecchio fantasma voltò il capo e disse: – E voi due, chi acciderbolina siete?

XI

Il vecchio Abelardo

Il tempo parve fermarsi. Tommy e Pippina restarono immobili a fissare il fantasma, che a sua volta li scrutava sospettoso da sotto le sopracciglia bianche a cespuglio. Il silenzio scese nel piccolo sgabuzzino; perfino la pioggia era diminuita di intensità fino a smettere del tutto.

Alla fine fu il fantasma a rompere il silenzio. – Zio Livido? E chi è zio Livido, di grazia? Ma, prima di tutto, chi siete voi?

I due amici non riuscivano a capire se si trovavano di fronte a uno spettro innocuo oppure malvagio, e d'istinto si erano presi per mano, per darsi coraggio.

Quando il vecchio si alzò, si accorsero che era molto alto e indietreggiarono verso la porta.

– Zio Livido è... mio zio, appunto, – balbettò Tommy. – Si chiama Livido Scuro ed è un famoso scrittore di storie di fantasmi. I suoi libri hanno molto successo. Io sono Tommy Scuro, suo nipote, e lei è la mia amica Pippina.

La ragazza strinse forte la mano del

suo amico e spiegò: – Stavamo indagando sulla scomparsa del manoscritto del signor Scuro, e a quanto pare adesso lo abbiamo trovato.

– Questo? – domandò il vecchio, indicando i fogli che aveva in mano.

Tommy annuí. – Proprio quello. Mio zio doveva finire la storia per consegnarla all'editore, ma qualcuno ha rubato il manoscritto e noi pensiamo che sia stato Losco, il servitore di Goffredo Tremolante.

Il fantasma ridacchiò. – E pensate bene! Siete due bravi investigatori, e dovete anche essere molto coraggiosi a venire qui al cimitero, di notte. A quest'ora i bambini come voi sono nel mondo dei sogni, al sicuro nei loro letti –. Li osservò con curiosità.

– Noi non abbiamo paura, – disse Tommy, cercando di tirare fuori la sua voce da duro.

– Vedo, vedo, – continuò il vecchio. – A ogni modo, io sono Abelardo Tremolante, cugino di primo grado di Goffredo, e questa è la mia dimora. Losco è venuto qui a nascondere questi fogli, e cosí mi sono incuriosito e mi sono messo a leggere –. Sventolò il manoscritto sotto il naso dei ragazzi. – Qui però manca il finale della storia. Devo assolutamente sapere come va a finire! – Aggrottò le sopracciglia e la luce attorno alla sua figura divenne piú intensa.

– Per saperlo dovrà restituirci il manoscritto, cosí lo zio di Tommy lo potrà terminare e consegnare all'editore, che poi pubblicherà il libro, – disse Pippina.

Abelardo si picchiò una mano bianca sulla fronte. – Ma certo! Un libro!

– Quando uscirà in libreria, anche lei lo potrà leggere, – intervenne Tommy. – Forse suo cugino Goffredo non ha gradito che la sua casa sia diventata una biblioteca, e se l'è presa con mio zio...

– Ah, buono quello! – esclamò Abelardo, tirandosi la barba. – Certo che non ha gradito! Goffredo è ruvido come il dorso di una grattugia e poi tiene molto alle sue abitudini. Conoscendolo, è andata di sicuro cosí.

– Allora, ci vuole restituire il manoscritto? – chiese Tommy, speranzoso.

– Sicuro che ve lo restituisco, deve andare al piú presto alle stampe! Questo Livido Scuro scrive divinamente e voglio leggere la fine della storia.

Abelardo tese la mano in avanti, ma proprio in quel momento la porta dello sgabuzzino si spalancò e la sagoma di Losco si stagliò sulla soglia. – Non farete niente del genere, Abelardo! – sibilò l'omino entrando nella stanza. – Ordini di Goffredo.

– E tu dai ancora retta a quel noioso pallone gonfiato? – protestò Abelardo.

Losco non rispose. Lanciò un'occhiataccia ai due ragazzi, che lo guardavano sbalorditi, poi prese il vecchio per un braccio e lo trascinò fuori.

Prima che Tommy e Pippina avessero il tempo di reagire, si ritrovarono chiusi nello sgabuzzino buio. I due fantasmi discutevano fuori dalla porta.

– Datemi le pergamene, – insisteva Losco, – e vedrò di nasconderle in un luogo piú sicuro.

– Nemmeno per sogno! – protestava Abelardo. – Voglio sapere come va a finire questa storia, perciò le dobbiamo restituire ai bambini.

– Vieni, Tommy, – sussurrò Pippina, e incollò l'orecchio alla porta dello sgabuzzino.

Il ragazzo si avvicinò e fece altrettanto. Trattenevano il fiato per paura di perdersi qualche parola.

– Senti, dev'essere arrivato qualcun altro, – fece d'un tratto Tommy.

– È Goffredo Tremolante! – esclamò Pippina.

– Sei sempre il solito guastafeste, Abelardo, – stava dicendo Goffredo.

– E tu il solito cocciuto, – replicò l'altro. – I tuoi libri antichi ormai li conosci a memoria. Ora finalmente hai a disposizione nuove storie, e cosa fai? Ti lamenti e ti vendichi su questo Livido Scuro, che non c'entra niente.

– Dammi quei fogli! – tuonò Goffredo.

Mentre ascoltava, Tommy appoggiò una mano sulla porta e quella si mosse leggermente. – Ma è aperta! – sussurrò, agitato. – Non ci hanno chiusi a chiave, possiamo uscire.

Pippina accese la torcia e guardò in faccia l'amico. – Allora senti che cosa facciamo –. Si chinò in avanti e mormorò poche parole nell'orecchio del ragazzo, che annuí.

– Va bene, proviamoci, – disse.

Nella cappella buia, i tre spettri continuavano a litigare senza venire a capo di nulla.

– Signori, cosí non risolveremo il problema, – stava dicendo Losco.

In quell'istante, la porta dello sgabuzzino si spalancò e Tommy e Pippina si precipitarono fuori.

La ragazza si diresse verso l'uscita, mentre Tommy, correndo, fece un gesto con la mano nella direzione di Abelardo.

Il vecchio capí all'istante, gli fece l'occhiolino e gli passò rapido il manoscritto.

Stringendo forte in mano i fogli di pergamena, Tommy schizzò via nello sbigottimento generale. Si slanciò attraverso la porta della cappella, che Pippina teneva aperta, dopo di che i due amici sparirono correndo nella notte.

Era avvenuto tutto cosí rapidamente, che Losco e Goffredo non avevano fatto in tempo a muovere un dito. Erano rimasti a fissarsi a bocca aperta, tra gli sghignazzi del vecchio Abelardo Tremolante.

XII

Il manoscritto

Tommy e Pippina arrivarono a Villa Brivido affannati e con le gambe tremanti per la lunga corsa. Il temporale era ormai passato e la casa era immersa nel silenzio.

– E adesso che cosa facciamo? – chiese Pippina mentre si toglieva il piumino. – Andiamo a svegliare tuo zio? Chissà come sarà contento di rivedere il suo manoscritto!

– Sí, e poi gli spieghiamo che lo abbiamo sottratto a due fantasmi che lo avevano nascosto al cimitero? – disse Tommy con una smorfia. – Ho un'idea migliore.

Pippina rise. – E allora sentiamo quest'idea!

Dopo qualche minuto, nell'oscurità della casa brillarono due lucine. Con le candele in mano, Tommy e Pippina salirono le scale fino alla soffitta. I gradini scricchiolavano sotto i loro piedi, anche se i due amici si sforzavano di fare meno rumore possibile.

Entrati nella soffitta, Tommy si avvicinò allo scrittoio e vi depositò i fogli di pergamena in bella mostra. – Ecco fatto, – disse, soddisfatto. – Domattina zio Livido non crederà ai suoi occhi!

Un improvviso fruscio fece voltare i ragazzi verso la cima delle scale. Amelia e Oreste fluttuavano verso di loro, le figure avvolte da una pulsante luce bianca.

– Bambini, cosa fate alzati a quest'ora di notte? – chiese Amelia, preoccupata. – Dovreste essere a letto già da ore!

Oreste indicò il manoscritto sulla scrivania e ridacchiò. – Qualcosa mi dice che qualcuno stanotte ha compiuto delle indagini... e a giudicare dal risultato, sono state indagini molto fruttuose.

La domestica si avvicinò allo scrittoio con gli occhi sgranati. – Non ditemi che questo è il manoscritto del signor Scuro! – esclamò passando una mano pallida sui fogli di pergamena.

– È proprio il manoscritto che zio Livido cercava tanto! – disse Tommy. – Lo abbiamo trovato poco fa al cimitero.

– Nella cappella dei Tremolante, è lí che lo avevano nascosto, – aggiunse Pippina.

Amelia era sempre piú sbalordita. – Che cosa? Siete stati al cimitero di notte? Poteva essere molto pericoloso!

– Il manoscritto si trovava nello sgabuzzino delle scope, nella cappella, – continuò Tommy. – Il vecchio Abelardo, il cugino di Goffredo, lo stava leggendo. Gli è piaciuto molto!

– Bambini, credo sia meglio che ci raccontiate tutto dall'inizio. Non è vero, Oreste?

Il giardiniere annuí. – Sono tutto orecchi.

Il mattino seguente il sole era tornato a brillare nel cielo, azzurro e limpido dopo il temporale notturno.

Tommy si stiracchiò nel letto, ripensando all'avventura al cimitero con Pippina. Rifletté sul fatto che, se si fosse trovato lí da solo, con tutta probabilità la paura lo avrebbe paralizzato e le gambe gli sarebbero diventate di piombo. Invece, con lei accanto, era tutta un'altra cosa! Si sentiva coraggioso come un eroe dei fumetti. E poi era ancora piú carina dell'ultima volta che l'aveva vista.

– Ah, ma che cosa mi salta in mente! – esclamò a voce alta balzando fuori dal letto. Si passò una mano tra i capelli, che gli rimasero piú dritti del solito, poi sentí un urlo di gioia.

Era zio Livido. Finalmente aveva scoperto il manoscritto!

Il ragazzo si precipitò fuori dalla porta. Non appena fu nel corridoio, Pippina gli venne incontro dalla sua camera con una candela in mano. La fiamma illuminava i suoi capelli rossi, sciolti sulle spalle. – Tuo zio ha visto il manoscritto! – disse la ragazza ridendo. – Dài, andiamo in soffitta!

I due amici salirono le scale, mentre le urla di gioia di Livido continuavano a echeggiare per tutta la villa.

Una volta sbucati nella stanza, videro Livido Scuro che saltellava e ballava. Indossava il lungo mantello che gli svolazzava intorno facendolo assomigliare

a un grosso pipistrello. Teneva tra le mani i fogli di pergamena e ogni tanto li baciava, continuando a compiere salti e balzelli.

– Ragazzi, è successa una cosa incredibile! – gridò non appena li vide. – Ho ritrovato il manoscritto! O meglio, è lui che si è fatto trovare, dato che era qui su questa scrivania, come se non fosse mai sparito...

All'improvviso si fermò e squadrò i ragazzi da capo a piedi, con aria sospettosa. – Voi due non avete proprio niente da dirmi? Lo abbiamo cercato invano per tutta la casa e la scrivania è il primo posto in cui ho guardato. E non c'era. Com'è possibile che adesso sia tornato? – Sollevò le spesse sopracciglia. – I manoscritti non hanno le gambe, giusto?

– Giusto, – rispose Tommy.

– Giusto, – disse Pippina con un sorrisino.

– E allora? Voi non ne sapete niente? – insistette Livido.

– Be', ecco, zio... – cominciò Tommy. – Come già ti avevamo detto, non siamo stati noi a prenderlo, non avremmo mai fatto una cosa del genere. Però ho sentito dire che a volte i fantasmi fanno dei dispetti...

– Fantasmi! – lo interruppe Livido. – Ancora con questa storia. Nipote, come te lo devo dire che i fantasmi non esistono?

– Ma zio, magari ti sbagli... Secondo me è stato proprio un fantasma a rubarti il manoscritto.

– E allora sentiamo: di che fantasma si tratterebbe? Scommetto che voi ragazzi lo sapete, non è vero?

Tommy fece un largo sorriso. – Be', non è che lo sappiamo, però lo possiamo immaginare. Per esempio, potrebbe essere stato il fantasma di Goffredo Tremolante, che abitava nella vecchia casa ora trasformata in biblioteca. Ricordi? Ci avevi raccontato la sua storia.

– Mmm, e quindi? – Livido si stropicciò il mento.

– Forse ti ha visto all'inaugurazione e gli sei rimasto antipatico per qualche motivo, e cosí ti ha fatto questo dispetto. Poi però ha letto la tua storia, e gli è piaciuta talmente tanto che ha deciso di restituirtela, – concluse il ragazzo.

Livido sorrise e i suoi bianchi canini scintillarono alla fiamma delle candele. – E va bene, nipote. Se ti fa tanto piacere, diremo che è andata cosí. L'importante è che il manoscritto sia tornato al suo posto, è inutile voler capire a tutti i costi cosa sia accaduto. Credo che non lo sapremo mai, e un po' di mistero nella vita non guasta.

In quell'istante si udí uno scampanellio provenire dai piani inferiori.

– La colazione! – esclamò Tommy, prendendo per mano Pippina e avvicinandosi alle scale. – Andiamo, zio Livido!

Per l'occasione, Amelia aveva preparato la colazione nella sala da pranzo. C'erano uova strapazzate con salsicce, succo d'arancia, latte per i bambini e caffè forte per lo zio Livido. E poi una crostata al cioccolato e biscotti spolverati di zucchero a velo.

Quando si furono tutti rimpinzati per bene, Pippina si alzò da tavola facendo un cenno a Tommy. – Scusate, ma noi adesso dobbiamo andare in biblioteca. Lo abbiamo promesso a Lunilla.

– Bene, bene, – disse Livido. – Io invece andrò in soffitta a terminare la storia. Mi sento pieno di energia!

– Buona scrittura, signor Scuro, – disse Amelia. Poi seguí i bambini nell'atrio e aprí il portone di Villa Brivido. – Buona passeggiata. E mi raccomando, non combinate guai con Goffredo e Losco!

I due amici si incamminarono per il giardino e salutarono Oreste, che stava lavorando vicino al cancello.

Quindi presero la strada sterrata e sparirono ben presto alla vista.

XIII
Letture ad alta voce

– Ragazzi, che bello vedervi! – esclamò Lunilla, alzandosi da dietro il bancone della biblioteca. Era fasciata in un abito arancione fatto all'uncinetto e aveva l'aria raggiante. – Prenderete un libro, oggi?

– Certo, – disse Pippina, – con molto piacere.

– Sapete, – continuò la donna, – sto organizzando delle letture ad alta voce per voi bambini, spero che verrete.

– Io di sicuro, – fece Pippina, – ma Tommy dovrà ripartire per la città fra qualche giorno.

– Oh, che peccato! Vedrò di organizzarle anche durante i giorni di festa, cosí potrai essere presente.

– Grazie, – disse Tommy.

Poi Lunilla tornò al lavoro e i due amici salirono al piano di sopra. Passarono davanti alla stanza dei libri per ragazzi, ma non entrarono. S'infilarono invece in quella con il caminetto, che era ancora sfornita di libri. Erano state aggiunte però due poltroncine e qualche sedia.

– Perfetto, – disse Pippina, – proprio quello che ci mancava per la nostra idea.

– Già, – fu d'accordo Tommy.

Il ragazzo chiuse la porta e appoggiò lo zaino sull'unico tavolo presente nella stanza, quindi ne estrasse il libro di Livido. – *Invito a pranzo con fantasma.*

D'un tratto si udirono dei tonfi echeggianti nella cappa del camino e dopo un istante due trasparenti figure fluttuanti apparvero davanti ai loro occhi.

– Non c'è nemmeno stato bisogno di chiamarli, – sussurrò Tommy a Pippina, che guardava le sagome con gli occhi sbarrati.

Ben presto i due spettri presero forma solida. Goffredo era in veste da camera e babbucce, e Losco era piú magro e giallo del solito.

– Bene arrivati, – disse Pippina. – Volevamo parlare proprio con voi.

Goffredo le puntò contro un dito grassoccio. – Voi due ragazzini avete rovinato tutti i miei piani, – disse. Poi mollò uno scappellotto sulla nuca di Losco. – Per quanto, il mio servitore è stato poco attento. Avresti dovuto nascondere meglio quei fogli!

Losco si massaggiò la testa. – Mio signore, non potevo certo immaginare che vostro cugino Abelardo...

– Non potevi immaginare! – lo interruppe Goffredo. – Abita nella cappella, lo sai benissimo... A ogni modo, ormai è fatta. Cosa volete da me? – E squadrò i ragazzi con aria truce.

– Volevamo proporvi una cosa, – disse Tommy, sollevando il libro. – Questo lo ha scritto mio zio. Si intitola *Invito a pranzo con fantasma* e volevamo proporvi di ascoltarci mentre lo leggiamo a voce alta per voi.

– Ah sí? – Goffredo tossí e si schiarí la voce. – E perché mai dovremmo accettare?

– Che bellezza, a me piacerebbe ascoltare i bambini, – fece Losco.

– Be', perché cosí magari potrete cambiare idea sui libri di mio zio. A quanto pare lui non vi piace, ma credetemi, le sue storie vi piaceranno.

Goffredo si grattò la testa. – Ragazzino, non vorrei essere scortese, ma ho già dato un'occhiata ai suoi libri e non sono di mio gradimento. Ci dipinge in maniera assolutamente ridicola!

– Signor Goffredo, – intervenne Pippina, – lasciateci provare. A volte sentir leggere le storie è piú bello che leggerle da soli. Sono sicura che vi faremo cambiare idea. Allora, accettate di ascoltarci?

Losco guardò il suo signore con aria speranzosa. Passarono alcuni minuti di assoluto silenzio, e alla fine Goffredo cedette. – E va bene! Sentiamo questa storia. Ma siete solo in prova, ricordatelo.

– Va bene, – disse Pippina.

– Possiamo cominciare –. Tommy prese il libro e sedette su una sedia, accanto all'amica, mentre Goffredo e Losco presero posto sulle poltroncine.

– Se entra qualcuno, noi spariamo nel camino. Chiaro?

– Chiaro, – disse Tommy. – E ora iniziamo con il primo capitolo, che vi leggerò io. Il secondo lo leggerà Pippina.

– Andiamo, andiamo, – fece Goffredo, impaziente. – Basta chiacchiere.

Tommy aprí il libro alla prima pagina e lesse: – *Era la prima volta che Manlio Manoviscida riceveva un invito a pranzo da qualcuno. Anzi, per la precisione era la prima volta da quando era passato a miglior vita. Il biglietto, di pergamena dorata, recava incise queste parole: «Egregio signor Manoviscida, le sarò estremamente grata se vorrà accettare il mio invito a pranzo per domenica pros-*

sima alle ore 12 in punto. Vostra, Lidia De Spilloni».

I fantasmi erano immobili e silenziosi. Goffredo ascoltava con le sopracciglia aggrottate, che si spianarono man mano che la storia andava avanti.

Quando Tommy finí il primo capitolo, passò il libro a Pippina, che continuò: – *Manlio Manoviscida era stato sempre puntuale quando era in vita, e adesso che era uno spettro non aveva cambiato le sue abitudini. Alle 12 in punto di quella domenica uggiosa, si trovava davanti alla casa della signora Lidia De Spilloni. Si sfregò le mani pallide, pregustando il momento in cui avrebbe consumato la sua vendetta...*

Quando la ragazza smise di leggere, gli occhi di Goffredo erano pieni di aspettativa. Si mosse sulla poltroncina e si alzò, mentre i due amici riponevano il libro nello zaino e si avviavano verso la porta.

– Ebbene? – disse.

– Per stamattina basta cosí, – rispose Tommy. – Arrivederci.

– Ma... – Goffredo parve esitare per un momento, poi domandò: – Tornerete?

Pippina rise. – Torneremo nel pomeriggio, – e si richiuse la porta alle spalle.

Rimasti soli, Losco e Goffredo cercarono una finestra da cui guardare i due ragazzi mentre si allontanavano.

– Eccoli là, – li indicò Losco con un dito giallognolo. – Sono bravi ragazzi, non credete, mio signore? E la storia che ci stanno leggendo è cosí avvincente! Come faremo a resistere fino a oggi pomeriggio?

– Oh, perbacco, sei fatto di pastafrolla?

Passò qualche istante di silenzio e alla fine Goffredo disse: – Ma secondo te, quel Manoviscida di cosa si deve vendicare?

Losco ridacchiò. – Non saprei, mio signore...

– Andiamo! – ordinò Goffredo.

I due fantasmi tornarono nella stanza di lettura e con un leggero sibilo sparirono nella cappa del camino.

Indice

Tommy Scuro
e il manoscritto scomparso

Le avventure di Tommy Scuro

Tommy Scuro e il segreto di Villa Brivido
(Storie e rime 411)

Tommy Scuro e il fantasma del museo
(Storie e rime 436)

Tommy Scuro e il manoscritto scomparso
(Storie e rime 471)

Einaudi Ragazzi

Storie e rime

Pubblicazioni piú recenti

422 Erminia Dell'Oro, *La scimmietta Gratta Gratta e altre storielle*
423 Ingo Siegner, *Nocedicocco e il mistero della Mummia*
424 Beatrice Masini, *Storie dopo le storie*
425 Roberto Piumini, *Alice nel paese delle meraviglie*
426 Stefano Bordiglioni, *Niccolò e i folletti dispettosi*
427 Roberto Piumini, *Diario di primavera*
428 Roberto Piumini, *Il Coro Arlecchino - Il canto di Micaela*
429 Roberto Piumini, *Il Coro Arlecchino - La voce di Sasha*
430 Gionata Bernasconi, *Bettina tacchina e la danza del pavone*
431 Lauren Brooke, *Heartland - Passi importanti*
432 Fabrizio Silei, *Il bambino di vetro*
433 Vivian Lamarque, *I bambini li salveranno (Chi? Gli animali)*
434 Luca Cognolato, *Basket League - Gioco in difesa*
435 Nicoletta Costa, *La maestra Margherita*
436 Francesca Ruggiu Traversi, *Tommy Scuro e il fantasma del museo*
437 Silvia Roncaglia e Sebastiano Ruiz Mignone, *Il fantasma con l'asma*
438 Michel Laporte, *Dodici storie di fate*
439 Roberto Piumini, *Le storie di Straparlone*
440 Lauren Brooke, *Heartland - Un maestro misterioso*
441 Lauren Brooke, *Heartland - Le Promesse del domani*
442 Vanna Cercenà, *Camping Blu*
443 Nicoletta Costa, *Alfabeto per colazione*
444 Silvia Roncaglia e Sebastiano Ruiz Mignone, *31 e-mail per un piccolo principe*

445 Ingo Siegner, *Nocedicocco e i vichinghi*
446 Annamaria Piccione, *La musica del mare*
447 Stefano Bordiglioni, *Storie per giocare*
448 Marco Bosonetto, *Uffa, cambio genitori!*
449 Nicoletta Costa, *Streghe, streghine e stregatti*
450 Lauren Brooke, *Heartland - Un nuovo inizio*
451 Andrea Pau, *Rugby Rebels - Uniti alla meta*
452 Stefano Bordiglioni, *Il sacco del principe Arturo*
453 Luca Cognolato, *Basket League - In trasferta!*
454 Beatrice Masini, *Storie dell'uomo verde*
455 Gionata Bernasconi, *Lucia e il brigante*
456 Stefano Bordiglioni, *Il Giornale delle Favole*
457 Alessandra Berello e Andrea Marelli, *Football Dream - Un sogno in fuorigioco*
458 Ingo Siegner, *Nocedicocco e l'isola dimenticata*
459 Francesca Ruggiu Traversi, *Il Campeggio delle Streghe*
460 Stefano Bordiglioni, *I magici giochi dei giocattoli*
461 Lauren Brooke, *Heartland - Una scelta coraggiosa*
462 Luca Cognolato, *Basket League - Tutti contro tutti*
463 Emanuela Nava, *Bambini del mondo*
464 Roberto Piumini, *Il Coro Arlecchino - Veri amici*
466 *Storie della buonanotte*, a cura di Tig Thomas
467 James Fenimore Cooper, *L'ultimo dei Mohicani*
468 Ingo Siegner, *Nocedicocco e gli indiani*
469 Lauren Brooke, *Heartland - Oltre ogni ostacolo*
470 Carmela Torelli, *Vite da favola. Storie vere di sovrani e condottieri*
471 Francesca Ruggiu Traversi, *Tommy Scuro e il manoscritto scomparso*

Finito di stampare nel mese di maggio 2012
per conto delle Edizioni **EL**
presso LEGO S.p.A., Vicenza